LOCUS

LOCUS

LOCUS

LOCUS

catch

catch your eyes ; catch your heart ; catch your mind……

catch 09

墮落天使

作者：梁望峯

內頁插圖：楊靈

責任編輯：陳郁馨

美術編輯：何萍萍

發行人：廖立文

出版者：大塊文化出版股份有限公司

台北市羅斯福路六段142巷20弄2-3號

讀者服務專線：080-006689

TEL：(02) 9357190　FAX：(02) 9356037

信箱：新店郵政16之28號信箱

郵撥帳號：18955675

帳戶名：大塊文化出版股份有限公司

e-mail:locus@ms12.hinet.net

行政院新聞局局版北市業字第706號

總經銷：北城圖書有限公司

地址：台北縣三重市大智路139號

電話：(02)9818089(代表號)　傳眞：(02)9883028 9813049

排版：天翼電腦排版有限公司

製版：源耕印刷事業有限公司

初版一刷：1997年8月

定價：新台幣120元

Printed in Taiwan

catch

墮落天使

梁望峯◎著

目錄

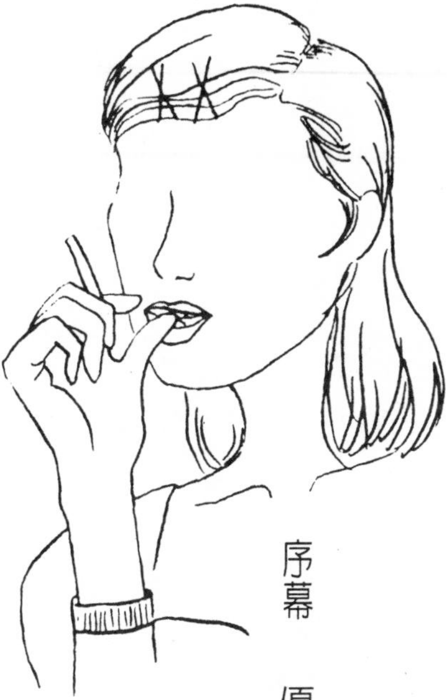

序幕　優雅的墮落

沈默一旁的賈賀，穿著鮮豔紅裙的她，正用一種很純熟的手勢撕開手中紅白菸包的金色錫紙，用修長的手指抽出一支，穩穩地點火。

不能否認的是，如果抽菸也算是一種墮落的話，她的確墮落得很優雅。

我與賈賀相約在速食店等候。我準時抵達，賈賀已先到了，正優雅地抽著香菸，凝望窗外。我放心大半，極害怕她會臨時改變主意，但她似乎已作好回家的心理準備了。

我受了一位母親所託，將她不肯回家的女兒帶回去。經過七分努力，加上三分運氣，我終於勸服了她。今天，是我帶賈賀回家的日子。

我在賈賀對面正襟危坐，立刻說：「我現在就打電話給賈伯母，告訴她妳將會回去。」

「他們周末習慣留在家中。」賈賀喜稱父母為「他們」，「況且，女兒回家也不必預約吧？」

我順從她意思，笑著附和：「就當給他們一個意外驚喜吧。」

賈賀一半玩笑，一半饒有深意地說：「希望如此。」

我用手抹抹剛才因趕來而冒出的額上的汗，「我去洗臉，我們便出發了。」我站起來，進入洗手間。如廁的途中，身後突然響起一個冷得像冰的熟悉女聲：

「我們又見面了！」

我完全嚇呆，感覺全身的血液一下子湧上腦袋，本能地停止一切活動，慌慌張張弄好褲子後，才敢轉過頭去。不出所料，能夠直闖男廁的，只有賈賀的損友——藍雁。

我的一張臉一定紅得像熟爛的西瓜，惱怒地說：「妳進來男廁幹什麼？」我聽得出自己的聲音在顫抖——老實說，是害怕多於憤怒。

「你會帶賈賀回家？」

「是又怎樣？」我把弄濕的手放在身後，咆哮道：「她自願的！」

「你以爲事情就此結束？」藍雁居然苦笑了一下，我從未見過她這種表情。

「以爲自己帶一個幾個月不願回家的女孩回家，讓她從此與家人過著開開心心的生活？」

「這有什麼不好？」

「如果賈賀因此得到幸福，自然是好的。」藍雁說：「但是，假如現在的她才是幸福的呢？你就是在親手破壞她的幸福了。」

我一陣啞然，過半晌才堅決表明立場：「妳不要想勸服我，我不會相信妳任何的話。」

藍雁轉頭望向鏡子中的自己，態度似乎有點軟化，「我們不如開門見山，你從這件事情中得到多少利益，我照付雙倍。」

「我沒有收取過一分一毫。」我不怕對她坦白。

「那麼，你所得的利益一定比收取金錢更自私。」

我覺得自己實在有權不屈服，「隨妳怎樣說。」曾經，藍雁爲了「保全」賈賀，將一隻玻璃瓶爆破在我身上，我承認自己極度厭惡她。

藍雁對大鏡子撥撥一頭染藍了的頭髮，由她捲起的衣袖，我可以見到她手臂上刻了賈賀洋名「Phyllis」的深刻刀痕。賈賀喜歡別人叫她的英文名。過半晌，她轉頭盯緊我。

「你不知道賈賀離家出走的原因吧？」

我不出聲，我眞的不知道。

這時候，有人用力推門走進。一看，是賈賀。她似乎躲在門外很久了，第一句話是：「藍雁，夠了。」

藍雁沈吟半秒，對賈賀說：

「Phyllis，不要做些連自己也難以理解的事情。」

賈賀非常肯定地說：

「我知道自己在做什麼。」

藍雁歎息一聲。

「感動是不會持久的。把自己逼到盡頭，不但沒有人會同情妳，連妳自己也不敢同情自己。」

賈賀大叫：「夠了！」她的臉完全陰沈下來。

藍雁顯然楞住了，立刻靜下來。

男洗手間內頓時鴉雀無聲，只聽見自動沖水機發動的聲音。

此時，一名戴著鏡片很厚眼鏡的中年男人闖入，瞧見我們三人，呆了大概三秒鐘後，陪笑臉說：「對不起，對不起！」他慌慌張張地退了出去。

「看來我已成了你們的共同敵人。」藍雁用幽怨的眼神望著賈賀，一臉的痛心。「我應該爲自己沒犯過的錯向妳道歉嗎？」

這次輪到賈賀沈默不語了。

藍雁轉身，一邊搖頭，靜靜走了出去。

我總算鬆一口氣，對賈賀說：

「妳的好朋友似乎對我成見甚深。」

「一個人如何滿足所有人?」

「希望她不會派人暗殺我。」我始終有陰影，「上次她對我上演一幕『女兒當自強』的殺人事件，我才發覺，女人討厭一個男人，比起男人討厭一個女人更難和解十倍。」

「何必和解?」賈賀說：「只要不相來往，不見爲佳。」

「好提議。」果然旁觀者淸。

我們走出男洗手間，戴眼鏡的中年男人仍在男洗手間和女洗手間徘徊著。我拍拍他肩膀，望望男洗手間那邊，對他說：

「先生，你可以進去使用了。」

中年男人抓抓用髮乳膠得發光的頭髮，感激地說：

「謝謝，謝謝。」

我回到賈賀身邊，她突然問我：

「我倆是老朋友吧？」

「是啊。」

「如果你當我是朋友，請勿搭我肩頭，多謝合作。」

我拍拍胸膛，向她保證說：

「放心，我是正人君子！」

「我知道。」賈賀苦笑，「可惜你剛才似乎並沒有洗手。」

我這才記起，耳朵馬上燙起來。「謝謝，謝謝。」我轉身衝回洗手間內。

我倆搭計程車抵達賈賀在跑馬地的家門口停下。我心裡有點遲疑，對賈賀說：

「我不知道自己該不該陪妳上去。」我抬頭看看這幢豪宅。

「不必了。」賈賀爽快地說：「我自己回去。」

「好，我押送妳到這裡為止了。小時候我最怕學校的家長日，現在我最怕見家長。」

「再見。」

我向她笑笑。竟發現自己有點捨不得她。

賈賀轉身，走進了大廈中。沒有回頭。

我將雙手放進牛仔褲袋裡，直至她的背影完全消失。我無意識地聳了聳肩，呆立了半分鐘，心想她大概也不會出來了，我才大大地鬆一口氣，自己對自己傻笑一會，全身的毛孔都舒服熨貼起來，感到這項非常任務已告終，漫步出大樓，在附近的巴士站候車回家。

候車時間約十五分鐘，巴士來了，我踏上車，才剛找個靠窗的座位坐下，卻透過車窗遠遠見賈賀從大廈衝了出來。我看不清楚她的表情，但她似乎是刻不容緩般地逃出來的。

我一遲疑，巴士開動了。我不禁頓足，連忙按下車鈴，在司機耳邊不斷大叫「停車」。司機受不了，終於停車。我在他三十多字的粗話中（還是押韻的！）衝下了車。

「賈賀！」

可惜，賈賀早已失去影蹤了。

我佇立在那裡發呆，感到無可奈何，最後向大廈管理處借了電話，硬著頭皮撥了一個號碼，接聽的是賈太太。

「我是薪火，我想上來造訪，我就在樓下。」

我知道自己必須這樣做。

我在三分鐘後抵達賈家門前，賈太太已在門前迎候，我踏進屋內，賈先生在裡面，還有一個與他年紀相若的男人。三人對我微笑，笑容裡別有意味，我笑得最拘謹。

我被招呼到客廳沙發中坐，男人禮貌告辭，賈先生送他離開。我細觀客廳四周，滿是書架，全是些高深莫測的英文書籍，我甚至可以聞到書香。可是，除此之外，正如賈賀說過的，沒有電視機，沒有音響組合，沒有一點多餘聲音。

我感到有點兒窒息。

賈先生與朋友離開後，賈太太給我斟了一杯紅茶，在我面前坐下來。

「賈賀剛才回來過。」賈太太臉的失望一閃而過，她控制得極好，但還是被我注意到，我心中暗暗嘆口氣。

「我應該親自送她回來的。」我說：「但我只送她到樓下。」

「薪火，你已盡了力。」賈太太對我優雅一笑，完全沒有責怪的意思：「我甚至勸她不動。」

「她剛才又鬧脾氣？」

賈太太沈吟一會。「一言不合，她便馬上又衝出大門。」

「賈先生和朋友也在家中吧？」其實我多此一問。

「是的。」

「對不起。」我能想像當時的惡劣情況。一方面慶幸自己不在現場，另一方面又歉疚自己沒有在場幫助。我忍不住想補償：「也許我可以再勸賈賀一次。」

「我想——不用了。」賈太太說：「你必定已浪費太多精神與時間。」

「所以我更不甘心隨便放棄。」我笑。

「我已不知道該替這個女兒說些什麼才好。」賈太太突然悲哀起來。

「我會親自帶她回來。」我說：「並且要她親口向你們道歉。」

賈太太眼睛有一點紅。

我乘搭巴士到大會堂，再乘搭渡海小輪到尖沙咀。船上有很多空位子，我卻沒有坐下，倚在船的圍欄旁看浪花。

我到達尖東，希望能在這賈賀最常出沒的地方見到她，但是沒有。我在街上遊蕩，倦了，就在麥當勞坐了下來，叫了一個最廉價的套餐。當我無精打采吃著那十年如一日的漢堡之際，突然眼前一白，一個染了一頭灰白頭髮的女子已坐在我對面座位了。

我馬上精神一振，「賈賀在哪裡？」眼前這個雪曼是藍雁及賈賀的結拜姊妹。

「我今天沒有見過她。」雪曼不客氣地拿起我的薯條來吃。

「我想找她，有什麼辦法嗎？」

「你這算是請求我？」

「我是請求妳。」我沒好氣，「要下跪嗎？我有誠意的。」

「我真是愛死你了！」雪曼雙眼在笑。「我帶你去找找她。」

我倆沿紅磡體育館方向步去。

雪曼一直問我問題。

「薪火，你喜歡什麼類型的女孩？」

我敷衍她，「我要求不多，看得順眼即可。」

「上次在戲院碰到的，是你女友吧？」

「我不知道她是否把我當作是男友。」紀文她獨自去了巴黎出差，連一個口訊都沒有留給我。她回來了沒有？我不知道。她想跟我相親相愛下去嗎？很遺憾，我也不知道。

「爲什麼？」雪曼說：「你應該是好情人呀。她另結新歡嗎？」

我望望雪曼，「妳眞是問題少女。」

「我只希望能多認識你一點。」雪曼說這話時有種孩子氣的嬌嗔。

「我想不到有與妳同行的一天。」我突然有點感觸，「最初見到妳們三人，以爲大家生活在兩個世界。」

「我們只是在壓抑程度上有差別而已。」雪曼說：「自行決定墮落是値得驕傲的一回事。」

「我不明白。」

「當你最不開心的時候，向著大海大喊一句你認爲最粗俗的話，你就會明白了。」

「我還是不明白。」我苦笑。

「最起碼你沒有經歷過最不開心的事情。」

我們到了紅磡黃埔商場的溜冰場，從高處眺望，見一身紅色衣裙的賈賀在場內。

雪曼說：「賈賀說過，她喜歡冷冰冰的世界。」

我安心了大半。「她穿裙子溜冰，不怕走光嗎？」

「她根本不會跌倒，又怎麼會走光？」雪曼看看我，「你似乎過度關心她。」

「我只是想知道自己有沒有見到她走光的機會。」

「要不要我通知她你來了？」

「不，我等她出來。」

「可能要等很久。」

「我有空。」我不想驚動她。

雪曼聳了聳肩，就走進附近的時裝店。

我看著賈賀，她一個人一直在冰場內繞圈，速度相當快，似乎這就可以將一切不快樂拋諸腦後。可惜，繞了大大的一圈後，一樣地繞回起點。心情也似乎從沒改善過。

她的表情不見得有明顯的不快，但我彷彿感染到她的寂寞。

雪曼回來時，我對她說：「我想溜冰。」

「為什麼不去？」雪曼奇怪。

「我不會溜冰。」

「學吧。」

「二十歲的人學溜冰？我怕跌倒時，有人馬上用溜冰鞋輾過我的手指，每次輾斷一隻，跌倒十次，便成了無指琴魔。」

「你眞變態。」

「我想溜冰。」我托著頭，看著賈賀，「突然想溜冰。」

約一小時候，一節時間完畢，賈賀最後一個出來，我和雪曼站在出口等她。

賈賀見到我和雪曼，表情中沒有任何意外。「來了很久？」

雪曼笑說：「他說要看妳走光的樣子，我才帶他來。」

「希望你今天不要提起『回家』兩字。」賈賀望著我。

「一定不說。」我答應暫時不強迫她。與賈賀認識久了，知道什麼該說，什麼不該說，我道：「我能夠加入妳們嗎？就今天一天。」

「好啊！」雪曼興奮地拍手。

「忍受得了你便跟著吧。」賈賀沒有拒絕，改爲恐嚇。

「不妨試試看。」我不吃激將法那套，我想嘗試多了解賈賀一點，而了解她的最好方法，莫過於觀察她的生活，投入她的生活。

我跟隨賈賀和雪曼到溜冰場附近的開放式食坊廣場。

「你不用和女朋友約會嗎？」雪曼啜著汽水問。

「我們見得不多，一星期大約只有一兩次。她事情忙。」提起紀文，我有一大把怨言：「我們大多會漫無目的地向前走，走得累了，可能會坐下吃一頓飯，也可能會各自乘車回家。」

「就這樣？」

「就這樣！」

雪曼：「你們遲早會以分手收場的。」

「雪曼！」賈賀瞪住她，不讓她說下去。

「不要緊。」我聳聳肩，也不大在乎了，「嚴格點說，我們應該已經分手了。

即使口裡不說，心裡也有不和。」

「爲了什麼？何時的事？誰提出的？」雪曼避開賈賀的瞪視，不斷向我發問。

「妳眞是個問題少女呀！」

「我很喜歡聽別人的故事嘛！」雪曼說：「聽得多了，自己好像活得比平常人長久一些。」

「那麼，我們將自己的故事互相交換吧。」我說：「妳先說。」

「眞的要說？」

「妳有不可告人的秘密——隱疾？」

「不是……」

「說吧。」我慫恿她。

雪曼不知從何說起：「我的名字叫雪曼……聖瑪麗書院的中三學生。」

我啼笑皆非，「我當然知道——令尊不是女人。」

「我要慢慢地說嘛！」雪曼呶呶嘴，「我不說了。」

「說吧。」我像逗小孩子般，「雪曼乖。」

「我十五歲，一百六十公分高，最喜歡的顏色是白色，最喜歡的漫畫有……」

我假裝耐心聆聽著，偶然瞥向沈默一旁的賈賀，穿著鮮豔紅裙的她，正用一種很純熟的手勢撕開手中紅白菸包的金色錫紙，用修長的手指抽出一支，穩穩地點火。

不能否認的是，如果抽菸也算是一種墮落的話，她的確墮落得很優雅。

我轉向雪曼，她托著頭努力思索，滔滔不絕說下去：「……我住在新界屯門，因回家路遠的關係，我父親有兩處住家，有一個美麗的情婦……」

「什麼？」我傾過頭去，以為聽錯。

「我知道父親在港島區有個情婦。」雪曼像沒事人般，「每天出入屯門起碼要兩小時，萬一交通擠塞，一塞就是大半天，所以我家人不是經常回家的。」

「也因此她經常可以不回家？」我明白她的處境了，「你父母批准的？」

「媽媽說，如果每天晚上十時才回到家裡，早上五時半我要出門，那麼回家簡直就是浪費時間！」雪曼說：「媽媽叫我不如投靠在同學家中，還好過回家。」

「他們不擔心妳嗎？」

「我每晚都會打電話回家報平安的。」雪曼說：「想起來，我有整整兩個星期未見過他們了，我很掛念他們。」

我苦笑，「這樣說，妳不是不回家，而是有家歸不得？」

「可以這樣說啦。」

「既然出入這麼辛苦，爲何不轉校呢？找一間位於屯門或上水區的中學？」

「我們聖瑪麗書院算是全港最有名的女校，屯門上水哪裡找到？」雪曼說：「我倒不在乎是否名校，但我母親卻不這樣想。」

我心裡爲所有住在屯門的居民而默哀，當大多數人都在譴責著這群徹夜不歸的「反叛」女孩時，有沒有想過，這竟是關於交通不便的「社會」問題？

賈賀靜靜地呼出煙圈，一個接一個的煙圈白霧浮上半空，看得我有點怔然。

她這樣做彷彿代替了很多的言語。她在說什麼，也許只有天空才會知道。

雪曼對我說：「我的事情已經說完了，輪到你說。」

我張口結舌，「我想先組織一下。」

「你不會不記得自己的事情吧？」

「有什麼人會對自己瞭如指掌的呢!?」我搔搔頭皮，「我需要一些時間。」

「好啦，你答應過會告訴我啊。」

我肯定地點點頭。而事實上，我知道，對於我自己，我起碼要一點時間去深加認識。當我才想剖白自己的時候，發覺自己腦子中是一片空白的，不是說我的記憶力不好，而是該留記憶的部分的確不深，就像隔了太久的筆跡，保存得再好，仍會自自然然逐漸褪色，隨時間而變得模糊。我對於自己過去的印象，大概也是如此。

雪曼站起來，「我去替大家買些飲料。」

我想充闊佬往荷包裡掏錢，「我要一罐可樂——」

「由我來請吧。」賈賀這時開口了，「啤酒，謝謝。」

「薪火哥哥，你要可樂是嗎？」

我連忙將錢包放回衣袋中，「不，我要任何牌子的白蘭地，謝謝。」

雪曼蹦蹦跳跳地走了開去。賈賀掏出第二根菸，叼在唇間，未點火，忽然像想起什麼來，望向我說：「你是否仍然會勸我回家？」

我呆了幾秒，反問：「你是否希望如此？」

「我現在生活得很平靜。」

「我明白了。」我知道她已經回答了，我只想問她一個問題：「妳家裡到底有什麼不好？」

賈賀沈默了好幾秒，有點失神地想了想，她的嘴角微微牽動了一下，正想開口的時候，有一個響亮的聲音傳來：「拿出你的身分證來！」循聲一看，是兩個戴藍帽子的軍裝巡警，一起瞪著我。

賈賀似很鎮定，「薪火，你聽他的吩咐吧。」

我連忙掏出皮包來，將身分證抽出，雙手遞給警察。這是我生平第一次給警察截查身分證。廣場的顧客很多，不少人注視著我，我全身迅速發燙。警察接過身分證後說：「你不懂得站起來？」

我依照他的話站了起來，站在他面前，將頭垂得低低的，像個犯了偷竊罪的小童。

警察透過肩上的對話機，說出我的姓名和證件號碼，大概在核對我的資料吧。他取出一本小簿子抄下我的資料。

「你住哪裡？」

「新界。」

「新界哪裡？整個新界是你的家呀？」

我感到自己的臉熱得發疼，我詳細說明了自己的地址。就在這時候，另一個警察開始搜查我的衣服，將我傳呼機的所有訊息看了一遍，又將錢包取出，翻來翻去。

我默默忍受著，看看賈賀，她用眼神示意我保持平靜，我向她苦笑點頭。

「這是什麼？」警察從我的錢包搜出一小包藥丸，厲聲問道。

「止氣喘的藥丸。」我的手心開始冰冷起來，可能是太緊張，又可能害怕些什麼。

「你有氣喘？」

「我也不想。」不知怎地，我像給人狠狠踐踏了一腳。我雙眼潤濕了起來。

警察望我一眼，似乎消除了懷疑，將藥丸草草塞回我的錢包裡。

寫字的警察問：「你的職業是什麼？」

「我剛失業。」我完全不敢說謊。

「老闆辭掉你的？」

「是。」我緊咬住下唇。

「爲什麼？」

我一時口啞，賈賀已爆發出來了：「他殺了老闆全家，所以老闆決定辭退他。警察先生們，這個解釋你們滿意了嗎？」

「妳也拿身分證出來。」警察理所當然地轉向賈賀。

賈賀不知何時已將身分證夾於兩指縫間了，她遞給警察，並站起來，「警察先生，如需要搜身，我想你應該召女警來。」

警察臉色一沈，劈面就用一句黑語盤問賈賀所屬的「社團」。

「警察先生，我不明白你想表達什麼。」

「妳現在要帶我遊花園？」警察有恃無恐地恐嚇她，「時間還多著呢。」

「那當然，今天是周末，大家都有空。」她還在裝神弄鬼，故作無知。

我不禁愕然了，難怪人家說，薑是愈老愈辣，眼前的賈賀必定遇過無數次這類情況了，經驗老到，所以才不愠不火，應付自如。

警察正想再刁難我們時，對講機傳出總部的通知，說明某街發生打鬥事件，要求增援。

「你們今天是走運。」警察將兩張身分證交回給我們。

「我們要留在這裡等你們，還是至警察局自首？」賈賀說。

「出來闖蕩，不要過分囂張。」另一個警察提醒她。

兩人速速離開後，我仍驚魂未定，不斷問：「他們會回來嗎？」

她拍拍我的肩膊，試圖令我鎮定下來，「第一次給警察查身分證吧。」

我非常用力呑口水，體溫驟降不少，苦笑，「我一向沒有出差錯。」

「查身分證對他們來說，只是例行公事。」

「他們倒也兇惡。」

「眞正針鋒相對的場合你未看過。」賈賀說：「久而久之，他們就會先發制人。你用拳頭嘛，他們用權力；你爛嘛，他們比你更爛。」

「事實上我也不大相信，那句黑社會術語竟出自皇家香港警察口中。」

「你沒有親眼看過，難怪不相信。」賈賀說：「現在就當作是增廣見聞吧。」

「是是是。」我苦著臉將自己身分證放回錢包裡。

此時，雪曼由遠而近，她把一瓶白蘭地交給我，我當場發呆。

雪曼打開了自己的可樂罐，「爲什麼不喝？」

「我說說罷了。」我仍看著白蘭地發呆，「妳不知道我哪一句是認眞的，哪一句是開玩笑的嗎？」

雪曼瞪圓雙眼望著我。

賈賀向我打了個眼色，「你喝還是不喝？」

「我根本不會喝。」

「我和你交換！」賈賀走過來將她的啤酒交到我手上，取過白蘭地時，在我耳邊留下了一句：「雪曼的思想是很單純的，你對她說的話也簡單一點吧。」

我呆上一陣子，有點明白地點頭了。難怪由第一次與雪曼相遇開始，我總覺得她整個人怪怪的，她似乎總是用斜睨的眼神招引其他人的目光，睜大的瞳孔裡卻又分明閃爍著恐慌，原來她不是假裝純真，而是真的單純。也許可以說，是我們說的話和心思太隱藏複雜了，將一切都反覆過濾了，卻失去了天然味道，因此，與雪曼交談，感覺是不同的，因為那是唯一心直口快的機會，而不必擔心心直口快所惹起的後患。

我赫然明白了真相，於是衝口而出：「雪曼，謝謝妳。」我晃了晃手中的啤酒，向她擠擠眼：「我不飲烈酒，只因怕在你們面前醉倒，財色兼失，衫褲兼濕。」

雪曼終於被我的詼諧逗笑了。

我問：「不如說說你們的學校吧——」

雪曼：「你先說。」

「不要討價還價……」

「我要你先說……」

我們三人就這樣在音樂、飲料、閒話中荒唐地度過了半天。

後來，雪曼可能也累了吧，重重倚在椅背上，雙眼沒有焦點地望向溜冰場內，不一會竟睡著了。賈賀仍是在抽著她那包萬寶路，也乾脆把煙灰缸放在懷裡，抽了幾口，就將菸往懷裡的煙灰缸裡弄熄。看看她的眼神，我知道她疲倦了。

我對她說：「妳不怕會燒穿衣服？或撒滿一身衣服煙灰？」

「你怕這些？」

「我就只怕這些。」我跟雪曼一席話後，人也變得坦誠起來，「當妳十八歲後，妳沒有什麼不怕的。」

「爲什麼？」

我沈默，帶點煩惱地沈默，「人愈活愈枯燥時，只想將一切置身事外，不希望失去更多。活一天就是一天了。」

賈賀微笑。

「笑我迂腐吧，我想我過完這一輩子，上帝問我有什麼成就，我會告訴他，我從沒有遺失過錢包已是我一生中最大成就。」

賈賀仰頭哈哈大笑起來。

我卻有點感懷：「不過，說眞的，人要是不死，自然只得慢慢振作起來，不爲愛你的人，也爲恨你入骨的人吧。」

雪曼這時候打開眼睛，精神回復了一點，轉一轉眼珠對我們說：

「要不要玩遊戲？」

「什麼遊戲？」

「不良第三者遊戲。」

「願聞其詳。」

「我示範一次給你看。」

雪曼站起來，走去附近一對路過的牽手甜蜜情侶面前，突然拉住男人的手，尖聲質問：「你又去搞第二個？」

男人顯然嚇一大驚，「這位小姐，我想妳認錯人了。」

女人用手提袋打在男人身上，「早就知道你是衰人！」她氣沖沖離開。

男人慌忙掙脫雪曼，一邊大叫女人名字，百口莫辯追上去。

雪曼蹦蹦跳跳走回來，我啼笑皆非：「果然是不良遊戲，妳可能會連累他們分手的。」

「是他們自己受不了考驗。」

「妳經常這樣玩？」

「太悶時總要找些無聊事情做嘛。」

「試過幾次？」

「大概二、三十次吧。」

「妳一定會有報應。」我笑著恐嚇她，接著又忍不住八卦：「他們的反應都是剛才那樣的？」

「也有女朋友替男人出面解釋，笑笑，禮貌地叫我鎮定一些，她向我解釋，肯定我認錯了人。」

我點頭說：「那是情比金堅型。對自己另一半那麼篤定，一點醋也不吃，非常有信心，做男人的還不開心？」

賈賀插嘴：「你覺得那個男人應該開心？」

「爲什麼不？」我實話實說：「他很幸福，我很羨慕。」

「風平浪靜叫做幸福？」

「猜疑對方是一件很痛苦的事。」

「我卻寧願這樣。」賈賀說：「不需要猜疑之後，愛亦相繼減少。」

我爲她這一句話深感意外，她似乎很瞭解愛情。

雪曼說：「又有一次，我糾纏著男的不放，女的沈不住氣，一步上前就舉肘撞開我，面露殺機，像要把我碎屍萬段。」

我笑了，「妳當時怎麼辦？」

「裝作近視太深，忘記戴眼鏡認錯了人，急急離開囉！」雪曼笑，「難道起手回敬她？」

「惡人自有惡報，大快人心！」我拍手掌。

「玩玩而已，」雪曼說：「他們沒有一點幽默感。」

我伸伸懶腰，看看錶。

「晚了，我要打電話回家。」

「你媽媽要你在六點前回家？」

我一笑置之，「我告訴她今晚不回去吃飯。」

「我們可以去你家裡吃飯的。」雪曼說。

「不必不必。」我揮手搖頭。

「不歡迎我們？」賈賀敏感的問。

「不是不是。」我難堪地笑，「我媽媽是個很保守的人，她見到——我拖了二女，肯定心臟病發。」我走去打公用電話時，卻一直騙不了自己，我沒有說出來的話：我媽媽見到妳們，肯定心臟病發。我很有分寸地將這些話吞回了，我必須承認大家都對她們懷有太大偏見、反感，甚至……敵意。

家中的電話接通了，是放學回來的弟弟接聽電話。

「紀文找過你，她說連你辭職也不知道。」

我的心動了一動，「還有什麼？」

「她叫你回家傳呼她。」

「哦！」我表示知道了，告訴弟弟我今夜遲歸，便放下電話。

掛線後，我拿著電話不放，猶豫好不好打電話給紀文。有兩個人在我身後等，我心裡在叫：既然這個電話是免費的，何不多用一次？

我又想到，如果她有誠意，爲何不傳呼我？我在收到傳呼後必定覆機。這差別是誰主動跟誰尋求和解。

最後，我還是以不妨礙他人爲理由，放下了電話筒。

我將雙手揷入褲袋中，回到賈賀和雪曼面前，抖起精神。

「來來來，我們繼續荒唐去也！接著去哪裡？」

第一章　想知道答案

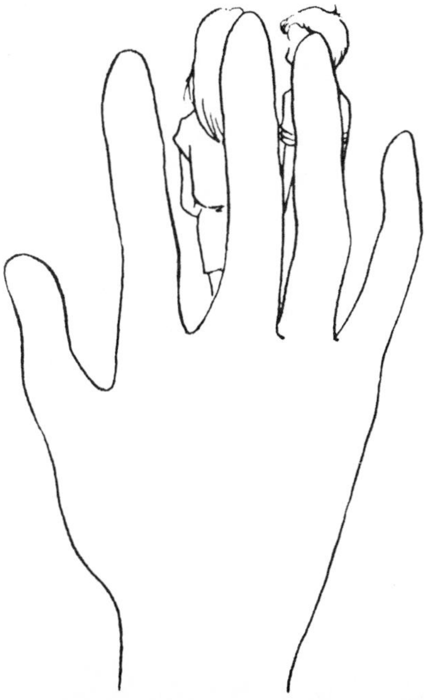

我向賈賀揮揮手，目送她和雪曼離開。天空開始現出魚肚般的顏色，我突然記起自己忘了問她：藍雁所說的話對嗎？她告訴過我，如果現在的賈賀才是幸福的，我這個多事之徒口沫橫飛地勸她回家，是否在破壞她的幸福？

是夜，我陪同賈賀和雪曼到一間卡拉OK唱歌，由晚上直唱至翌晨才離開。

雪曼開始有睡意，雙眼朦朧起來。她問我：

「薪火哥哥，你倦了嗎？」

「何止疲倦。」我拍拍腰骨，「簡直腰酸背痛，聲嘶力竭呢！」

「但你似乎很開心，今晚你是我們之中唱得最多的一個。」

「是很盡興。」我開懷笑了。「我唱盡了自己最愛的歌呢！」

「為甚麼全是些悲哀的失戀情歌？」

「我現在真的失戀嘛！」我嘲笑自己。

我們去了鄰近通宵營業的酒樓飲早茶。

「真是很早！」我看看錶，凌晨五時。

雪曼很有睡意，「薪火哥哥，我可否躺一會？」

「你以為我是妳的老師？會記妳大過？」經過一整天相處，我的確和她倆熟絡了很多。

雪曼伏在桌子白色餐布之上，不一會已睡得死死的。

賈賀拿出香菸，又拿出一小支白花油。我問她：

「妳是不是不舒服？」

「沒有呀。」賈賀將白花油滴在菸頭上，才燃起來，深深吸一口，緩緩噴出，神情似乎很舒暢。「這樣特別提神。」

我聞到空氣中飄來的二手煙味，感到非常刺鼻，精神也爲之一振。

「不會對身體有害？」

「應該不會吧。」賈賀解釋：「那和有人喝咖啡提神還覺得不足夠，所以要喝檸檬咖啡來刺激自己，道理是一樣的。」

「如果妳眞的累了，不如睡吧。」

「你少擔心。」賈賀說：「你不如回家吧。」

我用雙筷挾起一隻蝦餃，不禁失笑：「我已是成年人了，隨時可以去非洲狩獵一星期。」

「我很想快些長大。」賈賀突然略有感觸地說：「如你所言，成年以後，可以做很多事情，且做得不必閃閃躲躲。」

我聽得出話中有話，便技巧地問：「妳有什麼要做得閃閃躲躲的呢？」

「不說別的，就以不回家來說。」賈賀顯然將這件事情想過不止一遍了，「我們不回家，所有認識和不認識的人都認定我們沈淪了，墮落了，繼而扯到社會風氣敗壞上，彷彿我們是帶著原罪的人，靠近我們就會被傳染病毒。但你不同。不回家，只是在享受生活，或者有個相當浪漫的雅號：『夜的孩子』。你來評評理，覺得公不公平？」

「這個世界那曾公平過？」我也忍不住發牢騷了，「記得我十七歲時偷進戲院看三級電影，不幸被票務員發現了，不准許我進入，我對他咆哮：『我差四十天就滿十八歲，我和十八歲有什麼分別？』票務員比我大聲十倍：『那麼你四十天後回來再跟我說！』我才發覺世事原本都很荒謬的，且沒道理。當大多數人盲目遵從一件事情、一個制度、一個觀念的時候，而你比他們早一點洞悉漏洞或企圖改變時，你只會成爲最不幸的人。」

「你最後能不能順利進入戲院中？」

我搖搖頭，「有人『不批准』。」

「你四十天後有沒有再去戲院『示威』？」

「沒有。」

「爲什麼？」

我呷了一口濃茶，找尋最恰當的字句開口：「我永遠無法修補當時的羞辱。」

我不自覺地垂下了頭。

「但你會永遠記住那事情。」

「是的。」我用食指不斷沿茶杯口轉圈。

「你應該再去一次。」

「也許。」我望望熟睡中的雪曼，將話題拉開：「今天聽她提起，才知道她不是不想回家，而有家歸不得的時候，我突然覺得自己應該跟她說聲對不起。」

「你有什麼對不起她？」賈賀有點奇怪。

「其實我等於那位不准我入場的票務員。」我說：「遠遠見到妳們，已打從心裡覺得妳們無藥可救，最好拿去活活火化，骨灰撒在沙灘上，還可以給小孩子砌砌城堡，帶給世界一點歡樂。」

「也眞夠狠，想不到我們在你眼中是這樣。」賈賀抬起眼。

「唉，何止我有這種偏見，比我偏激的人還多著呢。」

「現在呢？」

我替她斟茶，邊說：「我開始體諒妳們，不——我又用那種長輩的方式說話了——不如說，我開始重新認識妳們。」

「是朋友？」賈賀問。

「Yes! OPEN!」我用力點頭，笑了。

就在這個時候，有一陣傳呼機的音樂從雪曼的小手袋中響起。賈賀急急替她按停了，以免吵醒她。賈賀看看傳呼機的螢幕顯示，輕輕皺了皺眉，接著便恢復了常態。可是，如此一閃而過的神情，還是被我注意到了。

我猜說：「是藍雁找妳們吧。」

「我們本來答應到迪斯可找她的。」

「爲什麼不去？」我問她：「妳因昨天的事而怨恨她？我早已忘記了。」

「我開始覺得自己不了解藍雁。」

「妳曾經了解過她嗎？」

「我以爲是。」

「在妳眼中的她是怎樣的？」

「她是我們三人中話最少的一個，處事最決斷冷靜，一旦有事，她會盡力保護我和雪曼。」

「這麼說，她是『大姐』了。」

「我們的地位是無法大小的。」賈賀看我一眼，「不像你們這羣男人，頭破血流也要爭做『大哥』。」

「一羣朋友中總有一兩個特別強的。」我想起兩個中學舊同學有感而發說：「其餘的在潛意識中既找到崇拜對象，亦會無形中發奮自己，也不失爲一件好事吧。」

「你自己的經驗之談？」

「也算是的。」我輕輕歎了口氣，「妳一定聽過梁日照這個名字吧？」

「聽說他是寫小說的？」賈賀說：「我們學校學生比較喜歡看英文小說，例如 Danielle Steel、Amy Tang 這幾位作家的作品。較少留意本地作者。」

「妳總算也知道世界上有梁日照這個人，那已經是一種成就。」我說：「我倆是好朋友。」

「現在呢？」

「仍是朋友，但朋友中夾雜著敵人的成分。」我想了一想：「畢竟我倆的世界是愈隔愈開了。」

「可否說這些自私想法純粹代表你眼紅他？」

「可能是的。」我被賈賀說得有點慚愧，「可能梁日照一直當我是好朋友，只是我自卑心作祟。」

賈賀點點頭，表示體諒。

「還有——」

「還有？」

「這個名字你一定聽過，他姓卓名志遠——」

「他又是你的中學舊同學？」賈賀乾笑。

「不幸言中。」我苦笑了，「這位當紅的影壇天王，我已經不大敢再找他，免得被人恥笑我趨炎附勢。」

「這個我倒同意。」賈賀將話說到我心坎裡去，「想找他談談天，彷彿變成有求於他，或有什麼困難需要他幫忙似的。」

「因此——」我看著賈賀，「去找藍雁吧。朋友不是用來了解的，而是有需要時在妳身邊勸慰妳，無需要時替彼此解除寂寞，消磨時間，只此而已！」

「你認爲我應該去找她？」

「當友誼未變質時，該好好珍惜它。」我伸懶腰，「我老了，不像妳們活力充沛，我要回家養老了。」我又打個大大的呵欠。

離開酒樓時，我對剛睡醒的雪曼說：「我是誰呀？」

「你是我 boy friend。」雪曼擦擦眼，臉上的化妝差不多全脫落了，露出清秀的一張臉。

「她應該清醒了。」我笑著對賈賀說：「過馬路時記得留意她。」

在酒樓門口，我與兩人分路走。我與賈賀道別時，告訴她：「昨晚是我首次通宵達旦不歸家，二十年來第一次。」

賈賀盯著我，「薪火，你不要臨老入花叢，這個罪名我可擔當不起。」

我笑，「可以再見嗎？」

賈賀點點頭，「謝謝你昨天沒有向我提起『回家』這兩個字。」

我微笑，向她揮揮手，目送兩人離開。天空開始現出魚肚般的顏色，我突然記起自己忘了問她：藍雁所說的話對嗎？她告訴過我，如果現在的賈賀才是幸福的，我這個多事之徒口沫橫飛地勸她回家，是否在破壞她的幸福？

和她經歷一晚的生活後，我不禁想知道賈賀的答案。

我乘地車回家，大約在淸晨七時進入家門。

我用鎖匙打開鐵閘門的同時，母親大人從屋內打開木門。

我早就編好謊話：「有個移了民的同學回港度假，我們一羣同學爲他洗塵。」

「有甚麼沙塵要洗整整一晚的？」

「媽媽，我二十歲了。」我沒好氣。

「就因爲你二十歲，我相信你連一個電話也不曉得要打回來。」

「我忘記了。」

「你應該知道家人會擔心的！」母親很久沒有如此兇惡過。

「老媽子，請妳不要再拖我下水，我從沒擔心過阿火！」弟弟睡眼惺忪地從睡房步出。

我向弟弟眨眼：「阿水，我借給你的《眞周刊》……」

弟弟機伶，及時解圍：「來我房間取。」

我潛進弟弟房間，他馬上鎖門。

「大戰終於暫告一段落。」弟弟大字形攤倒在牀上。

「她鬧了一整晚？」我苦笑。

「她又說要報警又說要認屍，我差點離家出走！」

「唉，人家二十歲的人，差點就可以結婚抱孫子，我卻連夜遊也不行？」

弟弟哈哈笑，「就算你以後結婚抱孫，可能一樣不准夜遊。」

「天啊!!」我痛心疾首地用雙手掩上臉。

「你也快些補交傳呼機月費吧。」弟弟突然說：「你連傳呼機也停止了服務，老媽還以爲你搶劫銀行後逃到中國大陸去。」

我呆一呆：「我的傳呼機被停用？」

「老媽傳呼你一整晚了，也難怪她發脾氣。」

我突然記起，母親曾說傳呼機公司來電催促我繳費，我卻聽完便算，完全忘記有這一回事。

「媽媽出了零用錢給你嗎？」

「我先替你交欠費吧。」弟弟一向精明：「到圖書館借書，兩星期之後要做什麼呀？」

「要還！」

我偷偷走出弟弟房間，看看空無一人的客廳，再看看母親關閉著的房門，知道她可以放心睡一睡了，她昨晚一定因擔心我安全而不得安睡。我走過她房間，想回自己書房。在走廊猶豫了一會，還是敲了她的門。

「媽媽，媽媽。」我把門開了一道縫，伸頭進去。

媽媽在化裝檯上搽面霜，她望望我，氣已消了一半，仍露出微慍神情，「狂歡了一夜，還不快睡？」

「媽媽，我專誠進來對妳說句對不起。」

「因爲你害我等門？」

「不，對於媽媽的等門，我只有心存感激。」我突然希望坦白：「我昨晚不是忘記致電回來，告訴妳我將夜歸。我是故意不打的。」

「爲什麼？」母親轉頭奇怪地看我。

「我只想表現給妳知道，我是眞正長大了，可以獨立了。」

「就算你要證明自己成長獨立，也可以讓我知道你安全吧。」

「媽媽，我怕我打電話回來，妳會阻止我做任何事情。」

「薪火，你有氣喘病，我一直擔心你會在街上發作，那時候，叫天不應叫地不聞，你怎麼辦呢？」

「媽媽，我已不是小孩子。」我從衣袋中取出止喘藥丸及一支小小的哮喘緩和噴劑，它們是我自己買來隨身攜帶的，「我懂得照顧自己了。」

「你眞的不再是小孩子了？」母親有點難以置信地看著我，似乎不相信面前的我就是她的大兒子。

「我已完全長大了。」我雙眼不爭氣地微微燙熱了，「不再是小孩子了。」

「那麼。」母親強笑，「我現在該說什麼？」

我微笑，「妳應該說：那麼我不再爲你擔心了。」

母親苦澀的說：「那麼我不再爲你擔心了。」

我很感動，像個孩子般，把臉孔擠過去，臉貼著母親臉，似要把我的感激注入她體內。我在她耳邊輕輕說：「謝謝媽媽！」

母親嘩嘩大叫，「我臉上的面霜……」

我馬上彈開三丈，摸摸自己泥漿般的半邊臉，苦起臉對她笑了。

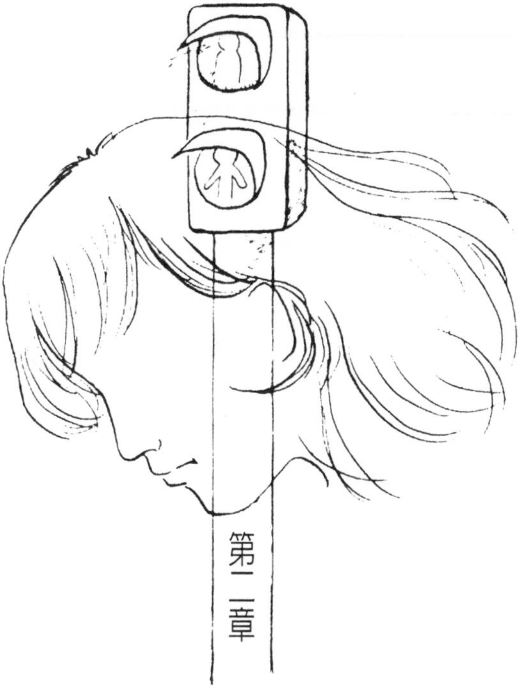

第二章

令人動容的紅

我凝視著那個閃亮著紅色的馬路燈，突然聯想起賈賀的一頭紅髮，我知道自己的心並沒有隨著我而來到這裡，而遺失在速食店內。我再看看那一抹像要伸展到永恆的紅色；我的雙眸清晰了起來。

我淋了浴，睡了一會，精神好轉，便出門了。在花店買了一束鮮花（好貴喲!!），直奔紀文家門前，以「神秘人」的名義在她的傳呼台留下口訊，請她打開鐵門，迎接驚喜。

兩分鐘後，身穿睡袍的紀文開門見到是我，隔著一道鐵門，不忘揶揄我：

「薪火先生，你何時換了工作，上門兜售鮮花？」

我早有心理準備迎接攻擊，由於我自己有錯在先，這一次來，我是負「花」請罪的。我陪著笑，無限柔情地說：

「紀文小姐，你是我第一個和最後一個顧客，請妳開一開門吧，我的鼻子對鮮花敏感的。」

紀文似乎有點怒意，她不肯開門。

「爲何我那天臨時要趕去巴黎工作，你既不來送機，連電話也不給我一個？」

我苦笑問她：

「妳傳呼過我嗎？」

紀文反問一句：

「我可以在家中找到你嗎？」

我的心情反倒輕鬆起來，終於證實這是一場誤會。全因當時我倆吵了一場，我還以爲她在怒氣未熄的情況下踏上飛機，一走了之。我因而自暴自棄、自殘自虐。甚至乎，我在酒吧裡遇過一位尋找一夜快樂的女子，我差一點將自己的操守和身體給她搾取了。我很慶幸自己那一刻慌張退縮，否則，我這個時候站在紀文面前祈求她原諒的資格等於零。

我心裡坦然，溫和地對紀文說：

「我的傳呼機給停止了服務，我不知道妳傳呼過我。」

紀文挖苦我說：

「我應該向你鄭重道歉嗎？」

「我們誰也不必道歉。」我很認眞地說：「我們也不要爲這些拉近人們距離，卻加深人們隔閡的現代科技而傷了和氣，好不好？」

紀文凝視著我一會，她輕輕打開了鐵門。

我雙手將一束鮮花遞向前，放進她懷中。

我想進入屋裡，紀文用手臂攔住我。

「我父母親去飲早茶，你這樣奪門而入，是否有企圖？」

「沒有沒有。」我用力攔腰抱起她，關鐵門，鎖大門，呵呵大笑說：「妳做了早操沒有？我們齊來做一做吧！」

一個小時後，我倆手牽手甜蜜地踏出她家門，光顧附近的速食店。紀文找座位，我則去叫餐，在那條長長的人龍排隊時，有個熟悉的人影走向我面前。

「我見到你和女友走進來。」是賈賀。

「妳怎會在這裡？」我感到十分詭異。

「不止我，還有雪曼和藍雁。」

「什麼？」我嚇得彈開，然後還是速速歸隊，以免重新排過。

「藍雁就住在這附近，我們吃完東西便會上她的家。」

「各自吃自己，好不好？」我左顧右盼，恐防紀文發現。

「自然，我今天不認識你。」賈賀笑笑走過。

我捧了餐盤後，從人山人海的店內尋找紀文影踪，她幸運地找到了一張餐桌。

不幸的是，我見到賈賀三人就坐在附近不遠。

「沒有別的座位了嗎？」我想盡量避遠一點。

「你自己看看滿座情形吧，有人快要站著吃了。」紀文笑。

我勉爲其難地坐下來。

紀文告訴我她與三個同事臨時趕到巴黎拍攝那隻香水廣告的趣事時，我一直不大留心，只希望快快吃完後，我們換個地方再談。

「我回香港，打電話到『歡樂小天地』，你的同事說你已經辭了職，我還以爲你賺夠了退休。」

「快別作夢了，我只想找另一份工作罷了。我在彩虹池裡工作兩年，心裡卻沒有彩虹。」我半認眞半開玩笑地說。

「你打算找一份什麼工作？」

「我想應徵《眞周刊》做娛樂記者。」

「爲什麼？」紀文因我的奇怪念頭而失笑了。

「我有次見到張格榮和朋友在麗晶酒店咖啡室飲茶，突發奇想，如我是記者的話，一定要寫一篇『張格榮與同性好友在酒店進進出出』之類的文章，老闆必定加薪水。」我笑，「另一方面，因爲我有一個舊同學在《眞周刊》裡工作，我想順便跟他成爲同事。」

「他負責雜誌中哪一個部分？」

「書評。」我想起梁日照，偷偷地笑。

「你們是好朋友？」

「也算是吧……」我知道說來話長：「快吃快吃，我們離開這裡再說。」

「燙嘛！」紀文指指她面前那杯熱咖啡。

我將自己那杯冰咖啡跟她調換，「夠冰了吧？」

我偷眼看看賈賀三人，藍雁也同時敏銳地轉過頭，與我對視一眼。她的眼光很不尋常，我連忙避開她視線。

「為什麼還不喝？」我見紀文悠悠閒閒，不禁再催促她。

「咖啡太甜了。」紀文伸伸舌頭。

我想拉她起身，「來來來，我們到附近餐廳再喝。」

「薪火，你今天有點奇怪。」紀文開始懷疑地看我。

「其實……」我隨口說：「由於這裡空氣不太流通，我的氣喘似乎又想發作了。」

「你早點說啊。」紀文疑團全消，立刻站起來，欲與我馬上離開。

我有點感動，又對自己對她的瞞騙內疚。我沒有再說什麼，與她一起步出速食店。

不出所料，藍雁並沒有如此輕易放過我。

就如「歡樂小天地」裡充滿義氣的女同事所言：你不惹麻煩，麻煩也可能繼續找上你的。

她確實說得一點不錯。

當我和紀文行經她們三人時，藍雁突然用力一拍桌，餐桌上的東西與我的心臟同時跳了一跳，以為她衝著我而來。但她是對隔鄰位瘋狂抽菸抽得四周幾乎變成霧地的一桌五位蒼白少女發炮：

「你們停止抽菸三分鐘行不行？」

五女呆了半秒，其中一人以更響亮的聲音回敬：

「連買菸的錢也沒有的窮人，有資格批評我們？」

藍雁馬上將手袋中的兩包香菸拋在餐桌上。

「買菸的錢誰沒有，最怕猛抽狂啜得像餓鬼般的動作，充分暴露出妳們所屬的職業。」

五女被激怒了，用力一拍桌，餐桌上的冷飲瀉了滿地。

「媽的，妳在說什麼？」

「妳們怕我揭露了什麼嗎？」藍雁冷笑。「如果是這樣的話，我衷心跪下來向妳們道歉！」

五女被侮辱夠了，齊心站起，準備動粗了。

藍雁也站了起來，與五人對瞪。雪曼也站了起來，預備支援，惟獨賈賀靜靜坐著，彷彿在考慮什麼。藍雁回盯她，她的眼神有意無意逃離了。

藍雁的眉宇輕輕一鎖，一咬牙轉頭，一記重重的耳光就擊落在一個蒼白少女的臉上，兩羣少女頓時糾纏成一團。

紀文拉拉我手，「不要看熱鬧了，我們快走吧。」

我沈默地點點頭，在她拉動下慢慢離去。我看著賈賀，她仍低頭坐著，我的心突然一陣震動，逐漸想到她不幫助藍雁的原因。

我咬咬牙，一手拉起紀文的手就快速離開，在店門口偷偷回望賈賀，她也看著我，並且開始站起來了。

我對她感謝一笑，然後頭也不回，携紀文走出大街。

走了半條街，紀文忽然像想起了什麼，對我說：

「剛才那三個少女——頭髮染成五顏六色那三個，似乎有點面熟，好像在哪裡撞見過。」

我知道紀文大概忘掉我們那一次在海運戲院被騷擾的事件了。我有點心不在焉地敷衍著她：

「可能大家是街坊吧。」

紀文聳了聳肩，沒有多想下去。

我們橫過馬路，步至中間安全島的時候，路燈就轉紅了。我們站在那裡，前面的車輛開始呼嘯而過，我凝視那個閃著紅色的馬路燈，突然聯想起賈賀的一頭紅髮。我知道自己的心並沒有隨著我而來到這裡，而遺失在速食店內。我再看看那一抹像要伸展到永恆的紅色，我的雙眸清晰了起來。

我對紀文說：

「我必須回去一趟。」

紀文似乎想問什麼，我阻止了她。

「不要問我爲什麼，妳在這裡等一等，我立刻便回來。」

紀文呆視著我，終於向我點了點頭。

我轉身奔回去，衝進速食店門口，看到兩羣少女已經被店內職員分開制止了，雖然衆人雙手被擒住，口裡的罵戰仍持續著。

我放心了大半，走過去觀看賈賀和雪曼的傷勢，慶幸無人見血，但面腫手瘀還是少不了。

賈賀凝視我。

「你不理會紀文？」

我上氣不接下氣，爽快地說：

「做事總要分輕重先後。」

賈賀彷彿說笑般說：

「原來我有那麼重要？」

我想開口說什麼，心裡卻發呆，突然反問自己，賈賀眞有那麼重要嗎？重要得令我可以放下紀文不顧？

我靜默了兩秒鐘，略略瑟縮地退後一步，無意識地用手指指向店門口。

「我想——我回去找紀文。」

「我明白。」賈賀沒阻止我。

我轉身就走，臉才轉到門口，就看到一個熟悉的人影。

我失聲叫了出來，「紀文！」

紀文就在那邊立著，一臉的疑惑。她摸摸自己的臉，像是不相信眼前所見。我就在這邊發怔，在這麼一個不遠不近的距離，我倆的表情像是注視著一條隨時會攻擊自己的眼鏡蛇。

這時候，我身後突然傳來一個特別響亮的怒吼。我一回頭，見剛才被藍雁掌摑的少女，掙脫了兩名職員的控制，一手拿起附近餐桌的一個玻璃煙灰缸，向賈賀奔過去。

我在全無細慮的機會下，便衝過去掩護在賈賀面前，用雙手擋著。混亂間只看到那位少女的兇狠眼光，並感覺到手臂一陣麻痺，跟著，少女重新被幾個人拉了開去。

我觀看一下自己的手臂，不禁睜大了眼睛，連恐慌也不懂了。我呆呆地叫：

「救命！」玻璃煙灰缸破碎了，玻璃碎片插入在我臂上，血肉模糊，慘不忍睹。

賈賀用力掙開拉住她的人，走到我面前，輕輕提起我手臂，一臉憂心地說：

「有沒有斷骨？」

我居然還可以抽空說了一個笑：

「斷骨沒有，茄汁倒流成了河。」

賈賀這才稍爲放心。

我記起紀文，回過頭去，卻不見她踪影。

「她可能去召救傷車。」賈賀知道我心意。

我點點頭，臂上的傷口傳來一陣劇痛，逼得我再想不下去了，找了個座位坐下，按著傷口向周圍的人嚷不痛不痛，等很多人當我是一個悲劇的英雄看待。

當我由白衣醫護人員陪同上救傷車之後，車門關上，我仍見不到紀文時，我知道自己猜錯了。

賈賀坐在我身邊，她身邊傍著一個警察。她斜著眼看我。

「對不起，我又再一次連累了你。」

我沈默一會兒，才抬起頭來，看看她紅腫了一大片的左嘴角，我問她：

「妳痛不痛？」

賈賀搖搖頭，她瞧瞧我包紮得緊緊的手臂。

「我只擔心你。」

我苦笑，歎了一口氣：

「我只擔心紀文。」

第三章　重回過去

一切幾乎沒有改變，只是有點兒舊，我彷彿又回到了過去。熟悉的牆、熟悉的地板、熟悉的氣味。惟一不同的是，我長大了，不是兒童，甚至不再是少年。套梁日照小說中的一句話：如果我有四十歲的壽命，我已整整度了一半。

當我終於可以離開手術床的時候，整條手臂被綳帶包紮得像一支火箭炮，連任意屈曲也不能。因痲醉藥力未退，我只感到我的左臂不像是我自己似的。突然之間，我有一個滑稽的想法，我的手臂會不會像卡通片的機械人一樣，隨時可以發射出來？

我走出急診室，有點奇怪竟見到賈賀，她坐在一張面對急診室的長椅上。她見到我出來，站起身來。

「你的手臂怎樣了？」

我知道她是關心我的，雖然她臉上並沒有太多的表情。我用右手托起左臂，展示給她看看，並誇張地說：

「這一次眞正因禍得福。我的臂肌已達三十八吋半，這是我一直夢寐以求的事情哦！」

賈賀寬心地笑了一笑。

「妳們那邊怎樣了？」我問她。

「那羣女子在警察局裡慌慌張張地堅稱是我們三個人最好的朋友，大家打羣架，打者愛也。」

「速食店方面不追究嗎？」

「他們開門做生意，鬧上警局，比我們還要害怕，急急將事件平息。」賈賀告訴我：「江湖傳聞，曾經有尖東某餐廳職員得罪了江湖大哥，翌日早上開門營業，一大羣社團的兄弟將全餐廳的座位完全坐滿了，每人叫一杯冰咖啡便賴著不走，直至餐廳打烊爲止。老闆知道永遠也不能好好做生意，只有急急把那名職員辭退，事情才告一段落。」

我聞所未聞，不禁駭然。

「那麼黑暗!?」

「只是皮毛呢。」

我忍不住說：

「妳我還是少見面吧，我眞的不想弄壞妳和藍雁之間的感情。」

「你還怕她會對你不利？」

「不是的。」我感喟又羨慕，「知己難求，一生中找到一兩個知心人，已是太幸運的事情。若非必要，這種友誼最好能保存一生一世。」

「如果友情經不起考驗，」賈賀說：「一生一世不是太久了嗎？」

我感到自己的身分突兀。

「我眞不想成爲你們的考驗。」

「薪火。」她突然喊出我的名字，對我露出一個萬般無奈的眼神，「我終有一天會有要好男朋友的。」

我的心一動，似乎聽得出話裡含意。

「妳是否知道藍雁她——」

「我知道。」賈賀接口說：「我一開始就知道了。」

「但妳依然與她以姊妹相稱？」我說：「妳不怕她誤會？」

「她知道我不喜歡同性戀。」賈賀好像有很多苦衷：「直至我完全確定她喜歡我時，我倆已是太好的朋友了。」

「藍雁向妳提起過她的心意嗎？」

賈賀看看我，「她不打沒把握的仗。」

我也看看她，「藍雁用刀片在她的手臂上刻妳的名字，那不算是一種暗示？她把我當做情敵般對待，那不算是一種明示？」

「只要我對她的一切行動毫無特別反應，只當作是姊妹情深的表現，藍雁自然不敢有進一步的表示。」賈賀揉揉眉心，明顯感到困惱。「所以我說，在她未認清對手底細之前，她不打無把握的仗。」

「我以爲男女之間才會打這種攻防戰。」我苦笑，「想不到這些戰事已擴展到同性與同性身上了。」

賈賀說：「男人之間，一言不合，最多揮拳相向，大家洩了一時之憤後，還可以拍拍肩，重新做朋友。女人不同，只要傷了感情，可以繼續做朋友的機會實在不多。」

「爲什麼？」我始終不明白。

「女人構造不同。」

我揚起一道眉，心裡彷彿明白，又彷彿有點不解。

賈賀似乎不欲多說，她看著我說：

「如無大礙，我們走了。」

我點點頭，走了幾步，卻又忍不住環視醫院四周，總希望尋找到一個我想見又不敢見的人。

「你想找紀文？我沒見過她來。」賈賀瞭解我的心意。

「是嗎？」我難禁失望之情，「我們還是離開吧。」

「要不要再多等一會兒？」賈賀停下腳步。

「我看不必了。」我不希望賈賀替我和紀文擔心。

電梯門打開，裡面有一位母親伴著小孩。我與賈賀閒談著，自然踏進去，電梯門關上，我才發現電梯是升往上層的，並非降下地面。

賈賀察覺到我神情有異，看定我說：「薪火，你不舒服？」

「我沒什麼。」我有點神不守舍，因我突然記起某個我不願再踏進的地方。

「你臉色很蒼白。」

「我沒什麼。」我撫撫自己的臉孔，「只是——」就在此刻，電梯門打開了，那母子倆走出去，機門重新關上了，我感覺到它正緩緩下降。

我看看賈賀，她正滿臉疑惑地凝視著我。

「我眞的沒什麼！」我蒼白著臉，向她強笑。

回到剛才急診室的那一層，電梯門打開，在門外的，竟是紀文。我們倆打了個照面，同時一呆。

我心劇烈跳起來，不可抑止，呆了兩秒才說：

「妳來了！」

紀文盯盯賈賀，才對我說：

「你準備走了？」

我腦中一片空白，只懂按住開門鍵。

「進來再說吧。」

紀文卻沒有移動，她在門外又看了賈賀一眼，滿臉不悅，語氣相當冷淡：

「如果你和朋友有約，我可以自己離開。」

我語塞，不知該說什麼，心中紛亂。此際，賈賀接口，存心替我解圍：

「薪火，我想到洗手間，不必等我，再見。」

「再見。」我很難堪。知道無法挽留她，只能向她笑笑。

賈賀擦過紀文身邊時，對她禮貌點頭。紀文卻不聞不應，對賈賀完全視若無睹。

賈賀離開了，紀文才肯踏進電梯。我放開了開門鍵，機門自動關上，我從門縫目送賈賀離開，感到自己萬般無奈。

我和紀文一直沒說話，兩人看著層數指示燈，直至地面，電梯門打開，我們一先一後步出。

當我倆走出醫院，走在那條草地的小路上，紀文說話了，第一句話是：

「薪火，你是否有什麼話要跟我說？」

「我？」我平靜說：「沒有。」

「真的沒有？」紀文凝視我。

「不如坦白點說，妳想問我什麼？」我停下腳步來，凝視著她。

紀文也停下來，我倆看著對方眼睛，相投的四目差點可以迸出火花來。

紀文理直氣壯地問：「那位紅髮的女孩是誰？假如你之前抽不出時間跟我說，現在是時候解釋一下了。」

我只是無奈地微笑，容忍她。

「那是個複雜的故事，但若簡單點說，也可以很簡單，她名叫賈賀，我們是老……」我說溜了嘴，連忙補充：「——也就是朋友。」

見我退後一步，紀文說話更加尖酸刻薄，而且她也將一切記起來了：「你從何時認識了這位損友？她教你抽菸嗎？就像戲院那次，一次抽兩支菸？或教你抽大麻？那時我已隱約覺得你們是認識的，可惜你否認了。現在，你還有什麼話說？」

「我認識的還不止一個，還有其他兩人。」我感到被侮辱了，我不認爲我應該聽她一面之詞的偏激教訓，便不再避重就輕，據實說：「當初我也對她們有偏見，一旦相處下去，我就知道自己的第一個印象是完全錯誤的。」

紀文毫不放過嘲諷的機會：

「哦，原來她是下屆的十大傑出青年，剛才我實在太失敬了──」

「紀文！」我阻止她說下去，「不要這樣！」

「我只想知道，我和你到底怎樣了。」

「我們之間根本無事發生。」

「你認為是？」

「妳認為不是？」我苦笑。

「我已不確定了。」

「不確定……」我喃喃重複紀文的話，我突然覺得一切荒唐之極，「我可以做什麼叫妳相信我？用刀片在手臂上刻上妳的名字？這樣會不會獲得妳多一點點的信任？」

「你可以的！」紀文不加思索，衝口而出。

我卻用力搖頭了。「可以的，但我不會，如果對對方的信任要寫在對方身上，那種信任是毫無價值的。」

「我只要求你與那個賈賀斷絕來往，不要令我擔心，好不好？」紀文咬咬牙說。

我看得出她眼神中的哀求，心裡聳然動容。爲我她已讓步，我知道她是眞的喜歡我，害怕會因某些外來的侵入而失去我，我也知道自己只要說聲好，我們便一定可以和好如初。

我沈默半晌，垂下了雙眼。

「紀文，我不能答應妳。」

紀文不勝意外：「你爲一個染紅頭髮的慘綠少女而放棄我？」

「紀文，妳要知道，我不打算選擇，也不想放棄妳或賈賀，因爲妳和她在我心目中，一個是情人，一個是朋友，誰也不能搶去誰的地位。」我抬起眼看她，「答應只是一秒鐘之間的事情，欺騙卻是從這一秒鐘起直至永遠，我實在不想撒這種一生一世的謊言。」

「我不明白。」紀文別過臉，神情痛楚，「我想我需要一點時間。」

我知道她並非不明白，只是不能接受而已。我沒有強逼她，雖然心裡彷彿被狠狠割了一刀，仍倔強地笑說：

「好，我給妳時間。」

紀文有點不能置信地看著我，似乎不相信這樣的話出自我口中。她呆了好久好久，才完全失望地搖了搖頭，轉身便離開，並沒有回頭再看我一眼。

我在紀文身後，幾次想開口留住她，最後還是將所有的話收回心坎裡。如果有機會的話，我眞想問問紀文，到底她發現我的手臂受傷了嗎？若有發覺的話，爲何不表露一點點對我的關懷，而要斤斤計較站在我身邊的是誰？

紀文對我失望，我又何嘗不是？

相處幾年之後，直至此刻我倆才驚覺，原來彼此都經不起考驗。

我定定地站在那裡，直至紀文的背影完全消失。我聽到身後傳來賈賀的聲音。

「你又何必如此決絕!?」

我沈默了一會兒，轉頭注視著她，告訴她：

「我對紀文忍讓太多，慢慢地她開始不尊重我。每次吵鬧，我只會是挨罵的那一個。那不代表我每次都做錯了事，只因我過分溺愛她，願意將一切大事化小，小事化無。我替她設想周到，誰又會爲我的感受想上一想？」

「她只是不喜歡你跟我來往而已。」

「不，她只是不信任我。」我有點心酸，「我們交往了三年時間，她竟告訴我不清楚我是男人還是女人，我該向她再三證明我是男人，抑或斥責她從不留意我是男人？」

「也許她只想尋求肯定。」

「我本身就是答案！」我說：「如果她繼續懷疑我，是她本身有問題，不在於我。」

「我只不過不想成爲第三者。」賈賀說：「我不喜歡這個身分。」

我肯定地說：「妳不會是。」

賈賀點點頭，我知道她會明白的。

我轉頭看看整幢醫院大樓，我對她說：「我突然想去一個地方，妳來不來？」

賈賀跟在我身後，我踏進電梯，直接按了十樓的鍵。

「爲何又回到那一層？」賈賀不禁奇怪。

「那是兒童病房。」我的心在翻滾，「十五年前，我住過的兒童病房。」

賈賀馬上噤聲。

我告訴她：「我以爲帶妳來，賈慧會喜歡的。」

「我姐姐就在那裡去世？」賈賀看著我。

「是的。」我心頭有一種哀傷。

「爲什麼要再去？」她不明白。

「我剛才毫無心理準備，很慌忙失措地退縮了。」我吸一口氣。「可是，冷靜下來想想，我害怕什麼呢？在那裡曾經有我最好的朋友，而我一直不願忘記他們。既然如此，我有什麼不敢再去的理由？」

電梯把我們帶到十樓，我不自覺握緊拳頭，電梯門打開，我才放鬆拳頭，看看牆上兒童病房的牌，緩緩踏步出去。

我再一次踏足在兒童病房的走廊上。

——十五年之後。

一切幾乎沒有改變，只是有點兒舊，我彷彿又回到了過去。熟悉的牆、熟悉的地板、熟悉的氣味。惟一不同的是，我長大了，不是兒童，甚至不再是少年。

套梁日照小說中的一句話：如果我有四十歲的壽命，我已整整度了一半。

我指指安靜走廊盡頭的一角。

「我第一次見妳，就在那一邊。」

「我當時怎樣？」

「妳只是一個很小很小的嬰兒，就像玻璃，一碰即碎。妳母親將妳抱在手上，見賈慧最後一面。我走去看妳，妳用小小的手碰我的臉，我向上天祈求，祝福妳生活健康愉快。」我的聲音開始變沙啞了，望望她，語氣有點激動。「妳長大了，終於在我的祝福中長大了。」

賈賀充滿心事地向我笑了一笑。

我和她走到病房門前停下，往裡面一看，床位的位置改變了，惟獨以往賈慧睡的病床，依然留在那個位置，正空置著。陽光斜照在床單上，使人覺得寂寞又空洞。

「妳姐姐當時就睡在那個床位。」

賈賀望進去，眼神停留良久，終於問了我一個問題：「她是怎樣的人？」

「她只是個小女孩。」我說完，便默然了。

「薪火。」

「什麼？」我看看賈賀。

「你是否喜歡我姐姐？」她凝視我。

我意外，我避開她眼睛，笑了。

「當時才五歲，談不上喜歡不喜歡。」

「你喜歡她。」賈賀說：「我感覺到。」

我沒承認是與否，「只是很難忘記。」

「那還不足夠嗎？」賈賀說：「她在你心中逗留了十五年。」

我聞言，雙眼暖起來，「我想，我如此懷念賈慧和樂文，是由於他們在我愛莫能助之下離開吧。假如我們三人同樣能健康地離開醫院，我們可能仍會保持聯絡，但多數不會，因爲大家年紀都太小了。就算現在在大街上擦身遇見，也許會有那麼一刻的互相感應，可惜我們都不會回頭再看看對方，永遠只可相逢不相識。」

「那很悲哀。」

「我寧願如此。」我垂低頭，「人去了，留下思念，到底有什麼意義呢？」

我和賈賀頓時變沈默了。

有個年輕的護士走過來，「先生，現在不是探訪時間。」

「我知道。」我一直敬佩護士這個職業，「我們會馬上離開。」

護士打量一下打扮新潮的賈賀，似乎有點懷疑。

「請問你們是哪個床位的家屬？」

「八號床位的家屬。」賈賀突然說。

護士輕輕皺眉，語氣仍帶善意：

「八號床位已空置良久，你們是否找錯病房？」

「不是的。」賈賀說：「我姐姐曾經躺在那裡，雖已去世，我仍想探望她一次。」

我偷眼看看賈賀，發覺她眼圈紅透了。護士露出惘然的神情，對賈賀的話當然不明所以。我拉著賈賀離開，在電梯中，她的心情才平復下來。

我有點內疚，「我不該帶妳來這裡。」

「我應該來的。」賈賀感喟，「不來，永遠不能感受那種生離死別的滋味。」

「我想，妳應該明白我答應妳母親帶妳回家的原因了。」我說：「我不是多管閒事，因那絕非『閒事』。」

「我卻使妳失望了。」

「我可有再勸妳回家嗎？」

賈賀搖搖頭。

「聽藍雁說，妳離家出走似有很多苦衷。在我未清楚整件事情來龍去脈之前，我不會苦苦勸妳回家。」我坦言，「我在妳匆匆離開後上過妳家，只是短短幾分鐘，已感覺到一陣窒息。說眞的，我不喜歡那種無形中受到管束的氣氛。」

「原來你跟我的感覺相同。」

「我也懂得比較呀。」我說：「妳來到我家，就知道氣氛有多輕鬆，根本不像個家，好像進入了動物園。」

賈賀笑。

我倆步出醫院，外面陽光普照。

我輕輕閉上雙眼，抬高頭，讓整個人沐浴在陽光底下。

賈賀在身邊問我：「你眞的不找回紀文？」

「給我一點時間，公事容後再談。」我不打算睜開眼，就讓暖洋洋的溫度溢滿心頭，「現在是歡樂時光嘛！」我口裡說得輕鬆，心裡卻是沈重的。說不想，卻如何不想呢？

第四章　不捨得她

我很希望雪曼會躲在街角跳出來嚇我一跳，告訴我她還是不捨得我，很希望她會爲我留下來。

我慢慢走向街角，做好心理準備去露出一個乍驚乍喜的表情。可是當我轉過街角，只見到空盪盪的一條長街之際，失望馬上灌滿我心頭。因爲，我沒有留住一個喜歡我的女孩的心。

失業超過一星期，人會覺得生無可戀。沒有工作做寄託，時間慢得可以倒流。我已向全港各大小報章的招聘欄搜索，可惜的是，我有興趣的工作總是薪金微薄；薪金豐厚的工作，我又不符合申請資格。

現實確實殘酷。

寄出了十七封求職信，連一封回覆也收不到。《讀本文摘》一年一次黃金大抽獎的宣傳信件倒收了一大堆。

原本壯志雄心的我，也難免頹喪下來。

在我失業後的第一天，母親在工廠打電話回家，對我說：「休息一段時間再找工作吧，長命工夫長命做。」

母親在我失業後第三天對我說：「我已買了日報，放在雜物櫃上，你有空可看看。」

我告訴她：「媽媽，我只是失業，並未失明。」

母親在我失業後第五天對我說：「阿三叔公弟弟老婆的哥哥開電腦公司，要不要我向他介紹你？」

我失業剛滿一星期，母親對我說：「薪火，你還在睡？你吃早餐沒有？午餐呢？有沒有買報紙？報紙快給人賣完了！」

我整個人給轟醒了，立刻說：「遵命！我馬上出門！」

就這樣，由那天開始，我連逗留在家的膽量也沒有了，整天在街上無聊地遊蕩，或坐在速食店發呆，我想我很快便會成仙。

坐在我身旁的，剛巧也是執著紅筆，在報紙的招聘欄海中浮沈的少年。

我看看他的報紙上有四個紅圈，少年也看到我報紙上有三個紅圈。

我們好像是一對失散兄弟般，一見如故。一齊看看對方的臉，然後異口同聲說：

「找工作呀？」

兩人一同點頭。

我對他說：「找了多久？」

「兩星期了。」他唉一聲，「全副家當都拿來買報紙了。」

我飲一口可樂，「我也不遑多讓，再喝一星期的可樂，我勢必患上糖尿病。」

「你想找什麼工作？」他問：「要求待遇怎樣？」

「上至夜總會經理，下至挖地工人，只要肯請我，肯給我港幣七千一個月，我做它乾兒子又有何妨？」我苦笑。

「我要求比你更卑微得多，做牛做馬也不是問題。而且三千都可！」他拍拍胸膛說。

「三千都可？」我有點震驚，「也就是日薪一百？夠用來搭乘地鐵抑用來買飯盒？」

「起碼證明自己有用嘛！」他淒酸地笑了笑，「再熬下去，不過一月，自殺案又多一宗。」

「不必如此悲壯吧!?」我苦笑。

「你再過多一個星期後就會自然而然明白了。」他盯盯我。

我只能駭笑。

當日我一口氣再寄出接近二十封求職信，其中包括一艘去中東遊輪的大廚空缺，與一所日式舞廳的男公關職位。

聽了與我年紀相若的少年一夕話，才知道，想找到一份好工作，簡直是難如登天的事情。即使退而求其次，情況一樣惡劣之極。

我方才察覺，在「歡笑小天地」所賺取的七千元月薪，已是一個很驚人的數目了。

可是，回頭畢竟太難。

我將二十封求職信一併放進郵箱，心中默默祈求，寄出的這二十個希望，得回一、兩個回應，已經足以感激流涕。

寄信之後，我獨個兒坐在一個公園中，附近有很多老伯不論或坐或躺或死去了，都無人理會。我突然覺得自己老了幾十年——不知道幾十年後，我會不會成爲他們其中一人？

我眞的不知道。

孤獨得太過度的時候，我打電話去紀文公司，一位接待員接電話，我假裝女人（我扮女人聲好像！）對她說：

「請紀文小姐聽電話。」

接待員將電話接到分機中，我用手掌蓋上通話器。

「喂？」

我聽到紀文的聲音，只不過是一個字，我已經覺得滿心溫暖了。

「喂？喂？」

我靜靜掛上了電話，覺得自己已得到了足夠支持。

就讓紀文以爲是電話線路故障好了。

我打電話回家，薪水接聽。

「媽媽在家嗎？」

「你以爲她會放棄這間屋子？」

「告訴她我不回家吃晚飯。」

「明智之舉。」薪水的笑聲傳來。

「順道告訴她我已在努力找工作，你要形容我努力得汗如雨下那個樣子。」

「你爲此逃避回家？」

「她臉色不佳，語氣不善，少見爲妙。」

「你不在，我這隻白狗倒霉。」

「你在暗示我是偷吃的黑狗？」

「老媽子將所有怨氣轉嫁到我身上，我也不得安寧。」

「辛苦你了。」

「預祝成功。」

「謝謝！」我幾乎感懷身世得哭了出來。

我有家歸不得，漫無目標地在街上流連，倦了，就在電動玩具店中心坐下來，有人要打機，我便讓位離開。

無聊地浪費幾個小時之後，我收到一個傳呼口訊：

「雪曼小姐留：你有空嗎？我請你去星球餐廳吃飯如何？請傳呼我留話。」

我眼濕濕地傳呼她留台答應。人惟有在漫天風雪的時候，方發覺一點燭光也顯得如此可貴。

錦上添花有何希罕？雪中送炭才是眞正「朋友」嘛！

我半跑半跳地到達海運大廈，遠遠見到雪曼已在星球餐廳門前等候，我放慢腳步，刻意讓雪曼見到我。我向她揚揚手，召她過來。

「妳自己一個？」我問。

「是啊。」雪曼嚼著口香糖。

「賈賀和藍雁呢？」我很小心。「她們在附近嗎？」

「她倆剛才鬧翻了啦！」

我知道雪曼的優點和缺點皆是直話直說，因此我沒懷疑她的話，也沒有表露任何奇怪表情。

「女孩子鬥氣是吧？」

「才不，兩人差點就要動起手來。」雪曼說時，將雙眼睜得老大的。

「那麼嚴重？百分之二千是爲了男人。」我說笑話緩和氣氛。

「你怎知道？」雪曼訝異。「賈賀跟你表態了？」

「什麼？」我一時聽不懂。

「大家因爲你而鬧起來的。」雪曼看著我。

「什麼？」我很意外。「又關我事？」

「藍雁希望 Phyllis 疏遠你，Phyllis 當場拒絕。」

「賈賀也有交友自由吧。」

「交友當然有自由。」雪曼這樣說：「可是，Phyllis 並非與你交友，她是愛上了你。」

我一楞，「什麼？」

「她親口對我和藍雁說她喜歡你！」她抬起眼留意我的反應。

我心頭有一種震撼，口頭仍故作鎮定：「是嗎？」

也許我的反應比起平日還是過大了，雪曼的神情有點落寞。

「我要將你讓給她了。」

我苦笑了。

「這是什麼話！」

「你可以說自己不喜歡她。」

我心一亂。

「我只是想將賈賀帶回她家。」

「就這麼多？」

我愈來愈覺混亂。

「其他的我倒沒想過。」

雪曼有點笑容。

「眞的？」

「眞的。」我嘴巴裡雖然這麼說著，心裡總覺不妥。我連忙用手搭住她肩頭，裝作街頭阿飛，向她擠眉弄眼：「美女，妳是否有心請我吃頓豐富大餐？不要臨時假扮失憶症發作啊！」

雪曼努力點頭笑了。

我在餐廳與那一塊巨大無比的丁骨牛排搏鬥時，看看滿臉無精打采的雪曼，她面前的一大碟沙拉幾乎碰也沒碰。她用餐叉子一直捅著碟內的番茄，我也停了手，勸道：

「如果妳和那個番茄有甚麼血海深仇，妳一口吃下它吧，它早已給妳刺得腸穿肚爛了。」

雪曼抬起眼看看我，從黑暗的環境中，我隱約見到她的紅眼圈。她爲我的笑話而笑，笑中卻透出點點淒酸美麗。

她叫來一杯啤酒，一口氣喝光，像在壯膽，然後激動地說：

「我再也忍不住了！」

我知道這是爲了什麼。

雪曼凝視著我，察覺我已經在拒絕她，神情複雜，語氣強作輕鬆：

「妳喜歡我這一類型的女孩子嗎？」

我的心有點難過，仍坦白說：

「到現在為止，我心裡只有紀文一個。」

其實我也不清楚，可能我心裡誰也沒有了。

雪曼啞聲地笑起來，她雙目有點潤濕。

「會不會因我這一身奇裝異服，染白了的頭髮，惹你討厭？」

「我從來沒有意思要討厭妳。」我被她的反省感動，由衷地說：「妳不是壞女孩，假裝也假裝不出來，妳只是擁有用不盡的青春。年輕的好處，就是可以作一切大人看不過眼的事情。」

「你也可以呀！」雪曼看看我。

「我——」我不知因何，剖白了自己，「我害怕。」

雪曼不明白地看著我。

我對她說：「我曾經也有勇氣，可惜我白白錯過了。年紀愈大，人便愈膽怯；過去從不會猶豫，想做就去做的事，現在經過三思再三思之後仍拿不定主意。這也許是一種進步，或許也是停頓，進入等死的階段了。」

「我不明白。」雪曼搖搖頭。

「記得黃埔商場那一次，我說過想溜冰的嗎？」

雪曼點點頭。

我回憶起來淡淡地說：

「我十四、五歲的時候，曾經和一大票同學去溜冰場，他們分別叫做乾坤、學聯，還有一個叫梁日照。我們幾個人都不會溜冰，心想結伴去試，就算跌倒也不會太尷尬吧。大家進入溜冰場內，更換了溜冰鞋，一踏在冰上。第一個不小心滑倒的是我，大家笑得人仰馬翻，引得場內所有人注視。在那一刻，我突然喪失所有勇氣，佯裝膝傷，離開了溜冰場。」

「你的三個同學呢？」

我沈默一會兒，才說：

「他們全部學會了溜冰。以後的日子，每次大家相約到溜冰場，我總以不同藉口婉拒了。」

「你爲何不練好它？」雪曼始終不明白。「自己去練也可以呀！」

「我已經錯失了勇氣，妳明白嗎？」我說。

雪曼似懂非懂地點了點頭，她說：

「但你一輩子看到懂得溜冰的人，也會不開心的。」

我整個人呆住，雪曼這句話的確說到我心裡去。刹那之間，我竟不懂回答了，突然覺得自己虛弱下來，呆在那裡。

雪曼存心鼓勵我，她得意地說：

「只要你學會了溜冰，你便會變得很愉快了。」

我的思想因雪曼的話而起飛，不可思議地飄得老遠，過了許久才回應雪曼：

「也許妳說得對。」

雪曼凝視我，突然輕輕歎了口氣。

「我開始明白 Phyllis 爲何也喜歡你了。」

我試探地說：

「由於我爲人聰明機警、有正義感，並且俊俏不凡？」

雪曼露出一絲笑容，她告訴我：

「由於你太平凡了，平凡得惹人憐愛。」

「哦？」雖然我不太明白，仍知道那是雪曼出於眞心的話。

雪曼心中似乎沒有了不快，她俏皮地揚揚眉毛。

「今晚的飯後娛樂，玩玩不良第三者遊戲如何？」

我確實鬆了一口氣，慶幸她個易笑易哭的女孩。

「我做不良觀衆，如何？」

我倆互視而笑了。

離開餐廳，我和雪曼無目的地沿著尖沙咀海旁踱步，看見沿途雙雙對對的戀人們，我滿心不是味兒。

「聽賈賀說，你和紀文又鬧翻了。」

我垂下眼睛，邊走邊看著自己鞋子。

「紀文說她需要冷靜一下。」

雪曼卻搖搖頭，竟替我認眞分析起來了：

「女孩子對你說她需要一段冷靜期，只不過期望你馬上回應她呀。」

我彷彿有點醒覺，又不禁頽然自語：

「如果妳當時在場就好，現在說什麼都遲了。」

「有心不怕遲嘛！」她說。

我的笑容苦上加苦，已不知該答什麼才恰當了。

我在海旁一個隱蔽的角落坐下，雪曼則開始跳出去捉狹路過的情侶。你可以說這種惡作劇無聊頂透，但它畢竟能消磨時間，也是某類人的文化。有時候看看別人出盡洋相，也是頗好玩的事情。

我很奇怪自己爲何無意去阻止雪曼的行爲。我不禁想，自己是否也成爲參與這場惡作劇的同謀，只不過，我站在一個絕對安全的位置觀看雪曼出手而已。

也許我眞想重拾年輕。

我發覺自己遺憾於沒有度過一段荒唐的青春期。

我看見雪曼再次將一個女人氣走，女人的男朋友哭喪著臉擺脫雪曼後追上前解釋，雪曼朝我做出一個勝利手勢，我也心寬地笑了。

後來，一個打扮比雪曼她們更時髦的少女，走到我身邊坐下。我提高警覺看一看她，視線剛巧落在她雙眼上，彼此四目交投，她向我曖昧微笑，輕輕地說：

「喂，想和我睡覺嗎？」

我聞言，雙耳馬上紅透，在這個燈光暗淡的地方，我想少女應該看不清我的面色變化。我一時不懂如何回應，也拿不定慌張逃離的主意，少女已有點不屑地冷笑：「男人！」她提起她的手提包，「走吧，我很累，想早點睡。」

我硬著頭皮，強裝冷漠地說：

「我想妳誤會了，我在這裡等女朋友。」

少女向我嬌媚一笑。

「你帶我回家，我不就是你女朋友了嗎？」

我不禁噤聲，已經不知該說什麼才好了。

少女見我態度猶豫，搖了搖頭，「你這麼老實膽怯，這個地方不適合你的。」

她輕撫一下我的臉，便慢步離開了。

我摸摸自己給少女輕薄了的臉，她指尖遺留的一份冰凍還在，我回想起她的話，無法不苦笑，難道只有狡猾大膽的人才適合這裡？

我看見少女走到一個男人身邊，主動向他搭訕，兩人聊了幾句，就結件離開海旁。

少女路經我附近時，輕輕回望我一眼，表情蒼白痲木，像進行著一件最普通不過的事情。我目送她被那個陌生男人帶走，心裡有種說不出的難受。

在這時候，雪曼回到我身邊，她的神情像煞做完善事。

我對她說：「玩得開心嗎？」

「太滿意啦！」她天眞地笑起來，望望我說：「薪火哥哥，你好像有點不開心？」

「我沒有。」我對她露齒笑。

「是因爲我嗎？」雪曼憐惜地說：「你不喜歡我拿別人開玩笑，我以後不玩便是。」

「我不介意。」我搖搖頭。

「是嗎。」雪曼露出失望表情。「我以爲你會介意的。」

我知道她又誤會了，欲解釋什麼，雪曼已聳聳肩，走了開去，繼續她充滿破壞力的遊戲。

我凝視雪曼背影，正猶豫要不要拉她離開，逗她開心時，她已走近一對情侶了。

我只好等她再「考驗」完這對情人再作打算。

雪曼衝到兩人面前，拉著少年不放。少年起初露出微微詫異的神色，隨後竟一手挽起雪曼的人，跟他身邊的少女說了些什麼，彷似與她道別，就拉著雪曼離開了。

少女呆在原地，在少年身後指著他怒斥一頓，見少年無回頭之意，終於懷恨而去。

我目睹這件突如其來的事件，慌了手腳，也不知少年和雪曼是否認識，直至見她不斷想甩脫他的手，我知道自己非現身不可了。

我攔在那位穿著無袖皮背心，而皮背心內卻沒穿任何衣服的少年面前，對雪曼說：

「我是否有什麼地方能幫忙？」

雪曼如獲救星，她連忙說：

「他不肯放開我！」

我收腹擴胸，意圖令自己看起來強壯一點，將音量提高八度，向少年怒斥：

「閣下的手是否有什麼毛病？」

「這位小姐現在是我女友。」少年嬉皮笑臉，一點也不正經。「她剛才問我是否要選擇她做女友，我最後選了她，不相信你可以親口問她。」

雪曼目瞪口呆，哭笑不得：

「我跟你開個玩笑罷了！」

「開玩笑？」少年吊兒郎當笑了一笑，「我的女友給妳嚇跑了，妳怎麼賠償我的損失？最好辦法就是代替我女友的位置了。」

「你眞無賴！」雪曼手腕被扣住，不禁頓足。

「我確實是。」少年向她笑著瞇一瞇眼，露出整齊潔白的牙齒。

我皺眉頭，見少年刻意暴露的結實胸膛和兩排總共八塊腹肌，料到自己也打他不過，我借雪曼恐嚇他：

「雪曼，妳大聲喊非禮，他馬上便會放手。」

少年先朗聲大叫起來：

「非禮啊！有色魔啊！」

他的叫聲震驚了熙來攘往的途人，衆人的視線都被吸引過來，知道無甚可觀後，又漠不關心地轉過頭，繼續各行各路。

少年毫不知羞地說：

「你們還有話要說，我可以代勞。」

我正感無計可施之際，雪曼不怒反笑了，對少年似乎存在好感。

「你這個人的臉皮眞厚啊！」

少年哈哈大笑起來。

「拉過幾次皮，出來的效果不算太壞。」

雪曼打量著少年的臉，無可否認他是頗俊朗的。

「你眞的拉過面皮？」

「妳可以試摸一下。」少年說：「你叫雪曼，是不是？」

「我才不摸。」雪曼向他做個鬼臉，卻沒有打算再掙脫他的手了。

我在一旁看著，滿不是味兒。這時候，我腰際的傳呼機響起來了，一看：有急事，請致電回家。

我無可奈何地對雪曼說：

「我要去打個電話。」

雪曼這才留意有我這一個人，她連忙說：

「我陪你去。」

「未請教妳朋友的名字？」少年繼續死纏。

「他是薪火哥哥。」雪曼向他這樣介紹我。

少年彷彿刻意挖苦我：

「薪火哥哥，你好！」

我向他勉強地笑了一笑。

我到便利店撥投幣電話，雪曼與少年兩人則在店外投契地嬉笑著。我透過一道玻璃窗，感覺到雪曼很開心。再看看少年，他看來並非萬惡不赦的人。我雖然比較放心，但是，不知怎地，我並不開心。

電話接過，是母親大人的聲音。

「媽媽，妳身體無大礙吧？」我緊張地問。

「托福，媽媽身體還好。」

「那麼，有什麼急事？要我打電話回來？」

「家裡的電燈泡燒壞了，我希望你買一個新的回來。」

我苦笑，正想說什麼，卻遠遠見到少年笑笑拉著雪曼，正欲橫過馬路。

雪曼對他說了什麼，回頭看我。我握著電話筒，遙望著她，知道自己無權留下她，我向她笑著揮揮手，示意她可與少年離開。

雪曼看著我好幾秒鐘，才慢慢向我感激一笑，開開心心隨少年而去了。

「薪火，你在聽嗎？」母親提高了聲音。

「我在。」我如夢初醒，立刻答口。

「我叫你記得買一個六十瓦的燈泡回來呀。」

「這就是『急事』？」我苦笑。

「我不多留一句『急事』，怎知道你何時才打電話回家！」

「是是是。」我倒佩服她的深思熟慮。

我放下電話，再看看馬路那邊，兩人早已離開了。我走出便利店，很希望雪曼會躲在街角跳出來嚇我一跳，告訴我她還是不捨得我，很希望她會爲我留下來。

灑脫並不是在黑夜裡強裝的，這刻我眞的不介意有雪曼相陪，我第一次發覺沒有紀文在身邊的自己，仍然可以退而求其次。

我慢慢走向街角，做好心理準備去露出一個乍驚乍喜的表情。可是當我轉過街角，只見到空盪盪的一條長街之際，失望馬上貫滿我心頭。

因爲，我沒有留住一個喜歡我的女孩的心。

第五章

灰姑娘的最後一舞

舞池上有數盞七色彩燈在迴旋，將漆黑不見五指的舞池照得時亮時暗。在一黑一白之間，我彷彿見到所有人的動作變慢了，震撼心靈的音量似已到達了頂峰。我見男人開始挽起賈賀的腰，賈賀的視線有意無意地在我面前一掃而過，一把火在我心頭燃燒起來。我終於站起來了，走進不斷晃動的人潮內，一步一步游向她。

薪水放學回來，將一封信丟到我牀上。

本來賴牀不起的我，馬上彈跳起來，在那封信還未降落之前，我在半空將它接住了——彷彿抓著一個希望似地。

我打開信封，將信紙攤開，一看，興奮地在牀上翻了個筋斗，然後整個人倒在地上，不覺得痛，只懂傻笑。

薪水再伸頭進來：「阿火，你沒事吧？」

「沒事，沒事。」我依然在笑。

「那倒好，我替你交的傳呼機台費總算有著落。」薪水說：「就怕你跌壞腦，忘記我是誰。」

「我一定會還錢的。」我已幻想在新公司支取的第一份薪水。

「不急。」薪水向我笑眨眼，「只是說笑。」他縮頭而去。

我坐在地上，看清楚信件，證實沒眼花了，才振臂歡呼，發出一種像狼吼般的聲音。

工作面試在兩日後進行，我正爲穿什麼衣服博取「考官」好印象而煩惱時，收到賈賀的一個傳呼口訊：

「一小時後，與你相約在金鐘站和尖沙咀站之間的那一個站見面！」(編註)

我呆呆看著傳呼機的螢幕，以爲傳呼機台將口訊弄錯了。打電話去查詢，發現賈賀確實留下這樣的一個奇怪口訊。

我致電傳呼賈賀，想問個明白。

「請問誰找賈小姐？」

「薪火。」

「薪火先生嗎，機主留了一個口訊給你。」

「請講。」我有點奇怪。

「機主說毋須查詢那個口訊的意思，她不會告訴你。」

「謝謝。」我無可奈何地放下電話。

我不斷思索那個口訊，真的毫無頭緒了，找到地鐵公司的電話去問，只落得接聽電話職員的一頓臭罵。

我恐嚇他：「聽著，明天早上九時，我會在中環站放炸彈。」我掛上電話。

我又查閱了香港地圖，在金鐘地鐵站和尖沙咀地鐵站之間劃上一條線，再取一條中間線，發覺那線在維多利亞港的一片汪洋大海上。

我本來猜想兩站之間惟一的通道，有可能是海底隧道，可惜我應該還是猜錯了。

看看大鐘，時間已過了半小時多，我知道必須碰碰自己運氣，去尖東一帶找一找賈賀。既然她如此高興提出了這樣一個問題，我實在不想掃她的興，也不肯輕易認輸。

我帶著一本英語字典出門，才踏出大廈門口，就聽到有人喊我名字。循著聲音來源看去，我瞧見賈賀正站在大廈門的小平台公園裡。

我向她笑一笑，步上石階，向她走過去。雪曼的話不斷在我心頭繞轉：Phyllis親口對我們說，她喜歡你！

我不以為雪曼是欺騙我的，她也不會開這一種玩笑，理由簡單，因為她喜歡我。

我決定不動聲息，靜觀其變。

我走到賈賀面前停下，雙手叉著腰，瞪眼揚聲問：

「為什麼留下如此無聊的口訊？」

「你明知無聊，又那麼緊張致電詢問，甚至翻看香港地圖幹麼？」賈賀微笑。

她指指我和平台公園成一水平線的單位，從這裡遠眺，可輕易看進我家裡發生的情形。

我卻在這種尷尬時刻仰首大笑起來。

「笑什麼?」賈賀遇著她預料以外的事情，態度就會忽然強硬。

「幸好我沒有取出自己珍藏著的那些四級錄影帶觀看，否則妳必也成了超等座上客之一。」

「早知道男人都一樣。」

我搖頭，「不，我的影帶裡全由男人主演，品味特別出衆。」

賈賀做了一個嘔吐的超級誇張表情。

我對她說：「我有一個好消息和壞消息要告訴妳，妳想先聽那一個?」

「好消息。」賈賀的明智選擇。

「我收到一間貿易公司的回函，他們請我去面試!」

「恭喜你!」賈賀衷心地說。

「雖然能夠面試，但生死未卜呀!」我口裡雖這樣擔心著，卻仍忍不住興奮地磨拳擦掌。

「壞消息呢？」賈賀問：「那間公司不是剛倒閉了了吧？」

「妳要請我吃一頓好的，當作預祝我面試成功。」

「如果你面試失敗呢？」

「好歹也白賺一餐嘛。」我哭喪著臉。

「我們啓程吧！」賈賀提步，似乎已想到好去處。

我隨著她身後，始終捉摸不清她的眞心意，她的表情實在沒有給我任何提示。她這一帶，就將我帶到太平山頂的一個私人會所。

老實說，我從不知有那麼一個超級豪華地方。路過一個露天泳池和網球場之後，我們到達吃自助餐的地方，各地食品齊全，看上去也充滿賣相，但價錢方面……煞是嚇人。

「要妳破費，怎好意思？」我虛假的說。

「是你提出的，就有意思了。」賈賀取出一張會員卡，「這裡是簽帳的，這一餐算是他們請你的。」她依然不喜歡提起「父母」這稱呼。

「我不客氣了。」我一邊說，一邊已迅速取過一碟十片，價值港幣四百元的鮭魚生魚片。

最後，賈賀簽下一個名字結帳，我拿走價值三千八百多元的豐富大餐。我提著餐籃到露天泳池的沙灘傘桌坐下，置身在一池淺藍色的池水旁，再加上艷麗的陽光，心情愉快地進餐。賈賀在一旁翻看薪水的英漢字典。她懷疑問我：「你不是那種喜歡背字典的變態怪人吧？」

「字典後面有幾頁練習英文會話的，我正努力惡補中。」我說：「只怕面試官問長問短，問得我啞口無言。」

賈賀笑笑，「你似乎對自己眞的毫無信心。」

「有信心未必會輸，沒信心一定會贏。」我說：「沒信心等於沒期望，又何來失望？Sure Win！」

「好像沒聽過這話，卻蠻有意思。是誰說的？」

我拍拍扁平的胸膛。

「版權由我所有。」

就在這個時候，我見一對熟悉人影擦過泳池的另一邊，他倆並未察覺我和賈賀。

我馬上用雙手掩上大半邊臉，假裝在痛哭流涕，並輕輕跟對座的賈賀說：

「千萬別回頭。」

「他們也來了？」賈賀反應奇快。

「這算是幸運，抑或不幸？」我苦笑，全因懼怕這頓大魚大肉惹起付帳人的不滿，多於一切。

「他們只是兩人來？」賈賀問得奇怪。

「是。」我從指縫間看出去，的確只有賈先生和賈太太同行。

「趁他們不覺，我們走吧。」賈賀的臉微微陰沈。

「妳眞不孝！」我痛斥她。

「我同意。」她冷笑。

我們站起來離開，眼角仍不離賈先生和賈太太身上，小心留意著他們的一舉一動，但他們還是發現了我們。賈太太的眼睛朝我和賈賀的方向瞪得老大，她扯一扯賈先生的衣袖，示意他向我們看。

賈賀已準備拂袖而去，當作示威，她處處要佔她爸媽的上風。

賈先生的反應卻遠超我們二人意料之外，他一睨賈賀和我，俯身在賈太太耳邊說了些什麼，賈太太爲難地一頷首，二人便雙雙朝相反方向開步！

他們竟然避開我們。

賈賀的眼裡閃著火焰般地怒視她爸媽，霍地向他們走。

那有父母會看到自己的女兒卻掉頭逃的？我若非親眼看見也不敢相信，特別是一直以來強調自己十分疼愛女兒的這對夫妻，不但自打嘴巴，更在公衆場合與女兒相見不想認。

我開始懷疑，一向認爲回到家中賈賀就會得到幸福，這想法是否正確。

「你要跟他們說什麼？」我問，怕賈賀激動起來會惹事端。

「難聽的話吧，我尚未想到。」賈賀的視線像禿鷹追捕獵物，「我走的方向是他們的相反方向。」

我忍不住，吐出以前常掛在口邊苦口婆心的話：

「你可能看他們不順眼，但他們又沒有做錯過什麼，你不應事事與他們作對。」

賈賀冷笑，硬硬地說：

「做出叫人看不順眼的事，已經是一種錯誤；刻意掩飾，就更加上欺騙罪名；自己做的事傷害到別人，打亂別人一生的，便是謀殺罪——謀殺我的生活！」

賈賀一時語快，漏出一絲她的過去。

我留意到了，好奇地凝視身旁快步走著的她，等待她繼續說。賈賀緊抿著嘴，見我鍥而不捨地以眼神詢問，怒罵：

「痞子，你不要像個『八婆』一樣！」

我揚眉，「妳眞的生氣了？我已很久沒被妳這樣罵。」

我知道這次她的氣不是衝著我而來。

賈賀不理睬我。賈太太回首見我們趨近，默默向我求助，我拉住了賈賀的手臂。

「你也做過不少叫人看不順眼的事情，算與他們打個平手，無所謂叫他們尷尬。」

「他會尷尬？我比起他是小巫見大巫。」賈賀誇張地大笑一下，甩開我，上前攔了她爸媽的去路：「這麼巧，兩個人？」

「賀，我們約了朋友吃飯。」賈太太似暗示不方便與賈賀詳談。

「是重要人物吧？讓我想想，一定是別家大學的教授。」

賈先生臉色一變，我知道賈賀說中了，但他只露出厭惡之色，沒有回答她。

「不屑跟我說話嗎？往日的你不是會振振有詞罵我墮落？罵著罵著就自知理虧了，改爲封嘴行動？」賈賀壓著聲音質問。

「賀——」賈太太想做和事佬。

「不用怕得做縮頭烏龜躲避我,我不會如潑婦罵街在外人前揭自己家的瘡疤。可是如果那天在家裡姐姐也還活著，與我一起，相信她亦會一走了之，眼不見爲淨。」

我聽得一頭霧水，只見賈太太漲紅著臉，激動得舉起了手在半空，顫著聲音說：

「不要詆譭賈慧！」

「她眞的十分幸運，」賈賀看賈太太作勢要掌摑她的手，眼睛紅得像她的頭髮，「她沒有活得太久，經歷不到事情的敗露。或許她可能遺傳到妳的忍耐，可以與這披著羊皮的狼活在同一屋簷下，但我不能。」

「我從來沒有留你。」

賈先生從牙縫間吐出一句話，冷酷得叫人一震。說罷，轉身離開，賈太太眉間閃過一絲無奈，手早已放下，無言地隨他邁步。

「你們不公平，爲什麼不送我一些癌細胞？」

二人沒有回頭答辯，似乎也默認那是惟一欠了賈賀的東西。

我從來沒見過賈賀如此無助，像刺了人後便會喪失生命的蜜蜂在垂死抗鬥。

我想笑問賈先生是否性侵犯過她，希望緩和氣氛，驀地想到可能事實的確如此，及時噤聲。最荒唐的事近來往往都在我身邊發生。

賈賀霍地轉頭，「不要問任何問題。」

我舉手作投降狀，完全聽命，乖乖跟她離開會所。

我在面試那天，穿著整齊貼服的西裝，準時抵達貿易公司。

在接待處報到後，我坐在一排眞皮沙發上等候。除了我之外，還有四男兩女，大家神情皆嚴肅，手裡都拿著一個薄薄的皮袋。

一陣電話聲響起，各人馬上搜查腰部或手袋，最後，這個來電由女士獨得，她用的是全球最薄最輕的手提話機。我偷偷將自己的傳呼機關掉了。

在我身邊的男人與他身邊的女人攀談：

「妳也是來應徵的？」

「應徵高級職員。」

「我總覺得妳有點面熟，妳是不是香港大學學生？」男人試探。

「你是校友？」

此話一出，其餘男女皆一見如故，彼此介紹自己所屬學系。

「我是香港大學英文系畢業的。」

「我是香港大學歷史系。」

「港大工商管理系。」一男人跟每人握手。

一個眼睛很細小的男人：「我是中文大學工商管理系畢業。」

其他人發現「異族」，立刻露出不友善神色。「你呢？」各人將矛頭指向我。

「我？」我皮笑肉不笑，「香港大學經濟系。」

大家滿意地點頭，證實是自己人了，開始低聲埋怨畢業後的起薪點皆不過萬元，我非常用力點頭認同。

五分鐘後，第一位男人被美麗的接待小姐請進。又五分鐘後，男人臉帶頹喪地步出。

「如何？」大家不約而同問。

「回家等候消息。」男人苦笑，「也就是失敗。」

大家默然，恐怕同一命運會降臨自己身上。

其後，各人進入，亦準五分鐘離開。眼見個個大學生死無全屍，我未作戰已氣餒了，在冷氣陣陣的大公司，掏出紙巾擦汗。

此時此刻，接待小姐停在我面前笑。

我彈起來，隨她進會客室。

接見我的是一位洋人，我對他虛偽地笑，他對我更虛偽地笑。我知道自己已完蛋，一來我勤練的英語只能對付僅僅能說幾句的香港人，二來，有句成語叫做「人鬼殊途」，大家明白了沒有？

他一開口，竟是半生半熟的廣東話：

「你是不是叫做薪火？」

「You're welcome！」我張口結舌，還是支持母語：「是呀，我叫做薪火！薪火相傳的薪火，我老母怕後代絕子絕孫嘛！」

「Oh! I see!」洋人哈哈大笑。

「You see I see!」我附和他。

「你何時能來上班？」洋人突然問。

「上班？」我深深吸一口氣，以爲自己聽錯，苦思這到底是不是一個英文字。

「是呀，來我這兒上班。」洋人的神情不似開玩笑。

我吁出一口氣，精神煥發過周潤發。「下一秒鐘開始！」

「不急不急，今日休息，另日開始。」

「是呀是呀！」我被接待小姐送出門口時，仍不忘向洋人微微一鞠躬，一再道謝，「多謝老闆！Thank you very much!」

步出會客室後，漂亮的接待小姐對我展開笑容。

「明天我們就是新同事了。」

「是是是，請多多指教。」我擠出一身汗。

「還有，剛才那個可不是老闆呢。」

「是嗎？」我倒不介意，橫豎也是一句話，只知他操生死大權，而畢竟也有人賞識我了。「他很仁慈呢。」

「見仁見智吧。」接待小姐頗有深意地笑。

我走出貿易公司，踏進電梯裡，高高興興地跳了一場求雨舞。舞得起勁時，電梯到地面，我故作鎮定地離開，卻見電梯的男男女女都對我微笑。

直到電梯門關上，我才留意頭頂有個閉路電視，電視內正映著那群友善的人，我才知道自己活活搞了一場笑劇。

我紅著臉提醒自己，撿到這份月薪港幣九千元的有前途的工作，我也是時候學習長大了。

在公司上班之後，我在開放式辦公室佔了一張兩呎半乘四呎的工作桌。同事們普遍對我友善，因為我是最常請下午茶的人。公司經常加班，但有加班費，我無怨言。

只是工作繁忙，令我沒有時間去想很多人很多事，包括紀文、賈賀，甚至雪曼……我和紀文之間的感情、帶賈賀回家的諾言、雪曼與那位赤裸少年還在一起嗎……統統被我拋緒腦後。

這才發覺，要解決一些煩惱和問題，最好的辦法就是不停地工作，時間自然會將一切解決乾淨。或說，是你被煩惱和問題解決掉了。

有時，下班之後，已是晚上八、九時，我頭昏腦脹地離開公司，在地鐵車廂內站著睡一會。回到家裡，吃媽媽留給我的冷飯，看一陣子無聊電視，便上牀睡覺。一覺醒來，又上班去了。

直到那一晚下班後，經過附近報攤，見到最顯眼的地方，有一疊厚厚的《叛逆天堂》漫畫。這一期，正是大結局的一期。

我站在那本《叛逆天堂》前，發覺自己心跳完全靜止了，鼻子發酸，無數往事湧滿心頭，我一時間竟不敢伸手將它拿起來。

有一條纖細的手臂將一本《叛逆天堂》拿起，付了錢，將它放到我手中。

我凝視著賈賀。

「我知道今天是《叛逆天堂》大結局出版的日子，特地來找你的。」

「我竟不知道……」我呆呆看著手上的《叛逆天堂》。

「你太忙了。」

「誰不忙呢！」我記起樂文對我說過的話。

我倆走到海運大廈四樓的露天停車場。

我向賈賀借了打火機，將《叛逆天堂》一頁一頁撕開，燃燒起來。

賈賀靜靜站在一旁看著熊熊火焰。

我默默悼念著樂文。

當我將最後結局的一頁放進火堆裡去時，我雙眼迷濛了。一陣輕風吹過，將燃燒著的紙團颳起，點點火光散落於半空中。

我出神地仰視著由嫣紅轉暗淡的長空，我對天空說：「樂文，我已經完成你的遺願了。」

賈賀輕聲說：「我們走吧。」

我們走了一段路，賈賀突然停下腳步，喊我名字。

我也停下來，凝視她，她的表情有種難言之隱，我知道她有話想說——是埋藏在心底的話。

「如果有什麼話要說，妳說吧。」我吸口氣，溫和的說。

賈賀沈吟一會，看著我雙眼說：

「今天以後，我們不要再見面了。」

「爲什麼？」我以爲她會忍不住向我表白心意。

「因爲，你應該完成過去了。」

「我不明白。」

「你記得那次藍雁說過的話嗎？你說自己沒有在帶我回家這件事情上得到過一分一毫。你記得嗎？」

「我記得。」我皺眉：「妳不相信我？」

「不，我相信你。」賈賀很平靜的說：「然後，藍雁說了一句話：『你所得的利益一定比收取金錢更自私。』」

「是的。」

「可能你也不察覺吧，你每次看我的眼神，都像看著另一個人。」

我聞言一呆，沒說話。

「一直到剛才，我看著你將漫畫一頁一頁燒掉，那一種眼神，和看著我時的眼神是一模一樣的。我才知道，在你那處看著的，往往不是我，而是我姐姐的替身。你想從我身上得到賈慧的回憶。」

我心內茫然，竟說不出一句反駁的話來，那像是我的盲點。

「你曾經對我說，你正代替賈慧生活，代替她去完成她的經歷。可是，你卻一直沒有長大，仍停留在過去，不肯離開，也不會進步。薪火，我說得對嗎？」

我牽牽嘴角，過了好久，不得不坦誠相告：

「是的，我想找回賈慧的再生。」

「爲什麼？」賈賀揚起一道眉。

「因爲——」我內心似被蟲蟻嚙咬，有說不出的痛苦，雙目竟紅透了。「因爲我從小到大沒有知心朋友，就只有在那個病房中，我才找到賈慧和樂文，只有他們才肯和我傾訴。那時候的經歷好像很悲慘，可是每次回想，我總是快樂多於悲傷，因爲在那一刻眞眞正正生活過，我很自豪，自己可以有一段每次想起都心痛的經歷。一生之中，可能只此一次。因此，我從妳母親手中得到妳的照片，總以爲是賈慧的再生。若我與妳在一起，我也可以藉此找回有血有肉的生活。」

「難怪，藍雁說過，每個人都是自私的，總有一個爲了自己的理由，如果只爲金錢，已是最大方的自私。其他的理由，肯定比金錢更自私。」

「請不要怨我。」我垂下頭，「在我五歲之後，我已再找不到一個可以讓我刻骨銘心的朋友了。」

「就算紀文也不可以？」

我平靜地搖搖頭，淚水終於忍不住奪眶而出。

賈賀伸出手，替我抹淚。

我看著她眼睛，在如此一個接近的距離下，我終於看清楚了，她並不是長大了的賈慧，賈慧沒有長大過，她在五歲的時候，已經死去了。

我的心情恍如隔世。我輕輕退後了一步，我自己胡亂地將眼淚抹乾了，我對她傷心地微笑。

「完成過去，對嗎？」

賈賀點頭。

「我們只有永不再見面，你才能眞眞正正完成過去。」

「我們不是老朋友嗎？」我欲挽留她。

賈賀看著我一會兒，無限唏噓地對我說：

「對不起，我是賈賀。」

我一聽，心裡狠狠發酸。賈賀和賈慧一樣，也不喜歡自己的名字啊，但她這麼說出自己的名字，也就是說，她已經放棄了堅持，去完成我的成長。就像賈慧臨死前向我說出她的名字一樣，都是道別的意思。

我突然醒覺自己再也無法挽留她。

我只好強裝和平地微笑，看看手錶，對她說：

「今天雖是最後一天，但今天未算完結，是嗎？」

賈賀聲音寂寞，「是的，今天還未完結。」

「讓我陪妳度過最後一天，好不好？」

賈賀點點頭。

我吸一口氣說：「現在距離明天還有三個小時，妳想到哪裡去？」

「我去哪裡，你都會來？」

「是。」我說。

我跟隨賈賀去了尖東一間舞廳。進入前，我通過了數名戴紅帽子的侍員，並要在手背上蓋上一個入場的圖章。乘扶手電梯上舞池，賈賀問我：

「你來過這裡嗎？」

「我沒有進過任何舞廳。」

「你白白浪費青春。」

「我不會跳舞。」

「沒有人一出生就懂得跳舞。」賈賀盯盯我。

「我真是土弊了！」我自甘示弱，請求寬恕。

賈賀搖搖頭笑。

步入舞池，擠滿狂舞的少男少女。我摸不清場內環境，爲安全計，我先到吧檯前坐下，賈賀已走進舞池中央，投入強勁的音樂中。

我看看周圍，發覺大多數人喝的是綠色瓶裝的喜力啤酒，我也向酒保要了一瓶喜力，然後坐在那裡，遙遙凝望著一大群男女中間的賈賀。她將一根香菸夾放兩指間，身體隨著音樂擺動。我突然很羨慕賈賀和跳得投入的年輕人，他們彷彿要跳出最後一滴汗，向成年人的教條宣戰。

幾首勁歌作罷，賈賀離開舞池，走到我面前，對我溫煦地笑了一笑：

「不介意請我喝一杯？」

我搖搖頭笑。

賈賀叫了一杯調酒，用紙墊蓋著杯口，用力在檯上一拍，然後一口乾盡。面不改色跟我說：

「你不跳？」

「我沒有心理準備。」我苦笑。

「準備好了來找我。」說完，她又繼續跳舞。

我靜靜地看著她，再看看錶，時間已接近深夜了，明天快降臨，她始終沒有停下來。她是不掛懷與我的這一次離別，還是藉著震耳欲聾的音樂在逃避什麼？

我不知道。

就在這時候，一個剪平頭的男人帶著一瓶喜力，坐到我身邊來。

「你認識那個紅髮女郎？」

我看看他，對他毫無好感，我只是冷淡地點點頭。

「她叫什麼名字？」他問。

「我不知道。」我趕客。

「真可惜，我只好親自問問她。」他向我狡猾笑笑，然後離座，走進舞池，直走到賈賀面前，與她共舞起來，並開始交談。

我心亂如麻，不知道該繼續坐著，抑或站起來，還是要走出去？

賈賀似乎並不抗拒這個平頭男人。我見他倆愈貼愈近，態度也愈親暱，他多次靠向賈賀耳邊說話，都引得賈賀大笑起來。

我仍坐著猶豫，雖然完全不會喝酒，依然舉起酒瓶，一口氣喝了半瓶，頓時感到酸澀滲滿心頭。

舞池上有數盞七色彩燈在迴旋，將漆黑不見五指的舞池照得時亮時暗。在一黑一白之間，我彷彿見到所有人的動作變慢了，震撼心靈的音量似已到達了頂峯。我見男人開始挽起賈賀的腰，賈賀的視線有意無意地在我面前一掃而過，一把火在我心頭燃燒起來。我終於站起來了，走進不斷晃動的人潮內，一步一步游向她。

賈賀和平頭男人正跳著貼身辣舞，他的左手在她腰間輕輕撫動，我走到背向我的賈賀之前，她突然毫無先兆地轉身，擺脫了平頭男人的環抱，與我直直面對著，她的鼻尖幾乎貼到我的鼻尖，我倆注視著對方的眼睛。

然後她的眼神突然放軟，我才發現她有很長很長的睫毛。賈賀半閉著眼睛開始在我面前擺動身體時，眼睫毛就像一道紗簾般半隱半現地蓋著眼睛。

我不知如何反應，矗立在原地，凝視這隻野性的動物。賈賀像要扭動全身每一個部分，好讓我融化於她的動作之中。她晃動的髮絲不時略過我的臉龐，感覺卻如燒紅了的鐵絲一樣。我的呼吸頻率開始追上她。

而她的眼睛從沒有離開過我的臉。

她寬鬆的上衣往一邊肩膀滑落，露出了黑色的胸罩肩帶與胸前一片緋紅的皮膚。我伸手要幫她拉好衣服，賈賀竟按住我的手。

「有紙巾嘛？」

「嗯。」我從喉嚨底回答，立刻抽出褲袋裡的一張。

她額上的汗水反射著七彩的燈光，一滴汗水滑落眼中。我留意到她的臉上、頸項上、胸前全是汗，形成薄薄的一層光澤包圍著她。

她側著頭，掀起懶懶的綿綿的笑容。

「幫我擦汗。」

我照作了，手隔著紙巾觸到的頸項。紙巾迅速吸收了汗水，軟軟地貼在皮膚上，我的手指忽然像直接摸到她的頸項一樣，令我不能自制地一顫。

賈賀仍然搖動她的腰肢，她愈站愈近，然後捉著我拿紙巾的手掌一移，我努力堅持冷靜抹她鎖骨上的汗水，但當我的手在她胸前汗水凝聚的地方輕揉著時，我像有一刻喪失了一切清醒。

是那杯酒作怪。一定是。

賈賀的胸口起伏著，她的頭髮蓋住了臉，音樂聲於此刻擊出一個刺耳的高音，將我嚇醒過來。

我倏地抽開我的手，托起她的下巴，撥開她的髮絲，見臉上的淡妝已被汗水糊開了，眼底下清楚地現出兩道溶化了的眼線往臉龐滑落。

我抹著她的臉，「看，都濕透了。」

「是，都是汗水，汗水而已。」

我沒有說話，抹著佈滿分不清是汗是淚的粉臉，賈賀此時舉起左手，看了腕錶一眼，「十二時。我要走了，但不會有玻璃鞋留下讓你可以找回我。」

我一怔：「賈賀——」

「再見。」她看著我眼睛邊輕說。

賈賀放開了我，混進舞池的人群中迅速消失。

她的聲音仍在我耳中迴響，我望著呆站在一旁看得傻了的平頭男人，方回復自己，猛地拔腿擠進人推內要找回賈賀。

我直到全身被汗水浸沒了，也沒有找著她。她像是沒有留下玻璃鞋的灰姑娘般消失了。

編註：「金鐘」與「尖沙咀」是香港的兩個地鐵站名。金鐘站在港島，穿過海底隧道即達位於九龍的尖沙咀站，兩站之間並無其他地鐵站。

第六章　紅色殘像

賈賀彷彿明白我的處境和抉擇，在此時轉身離開。她的身影立刻被窗上其他曚矓的部分遮蓋，我的手停在半空，始終沒有能抹清玻璃去目送她走離我的生命——完完全全，再不回頭地離開。

我在上班的兩星期後，偶然在公司的男洗手間偷聽到一個關於自己的消息。

「Steve，新來的那個薪火，工作表現如何？」我聽得出是公司總經理的聲音。

「那個新人好認眞。」接著我聽見那位洋人的聲音，他操著半生的粵語：「可能他知道自己學歷比人低，所以成日在公司工作留得好晚，非常有效率。」

在廁所內偷懶，翻著《眞周刊》的我，屏息靜氣，一動也不敢動，恐怕給人發現，他們口中的「認眞新生」正認眞地休息。

「我姪女將他介紹給我時，我確有一刻猶豫。只有中學程度的人，我公司從不錄用的。」總經理說：「而事實證明她眼光不錯。」

「他們是不是男女朋友呀？」洋人問。

「有空眞要問賈賀。」總經理的笑聲傳過來。

跟著，我聽到關掉水的聲音、腳步聲、開門聲，洗手間回復一片寧靜。

我在廁所這裡，放下了手中周刊，心底有種酸意。

是夜，我回到家中，從抽屜取出公司寄來的信件，重看那一張曾經令我興奮萬分的信紙，突然像是被人摑了一巴掌，目瞪口呆，不懂還擊。

我沒有理由埋怨賈賀。眞的。只是太震驚，她原來暗裡已爲我做了那麼多。

翌日，我回到公司，挺腰坐著，專心工作滿九小時，心無旁騖，不再懶散。我認爲這才是報答賈賀幫助的最佳辦法。

與其說要報答她，倒不如在總經理心中留下良好印象，他自會向賈賀提起，賈賀自會因我而感光榮。

支第一次月薪的那天，是一個周末，公司放半天假。我心血來潮，走到我從前工作的「歡笑小天地」。

走進門口，有不少陌生面孔的員工，我不認識他們，他們不認識我，經過本來屬於相樸同事看守的「射熊心」遊戲範圍，換來的竟是一個骨瘦如柴的小個子。

過去的人和事，只要一經疏遠便難以留住。

就在我感到失望之際，有一個略帶沙啞的女子聲音從身後響起：

「小朋友，你是不是家長不見了？」

我心中一念，馬上轉頭對義氣女同事笑。

「進來員工休息室坐坐吧。」她親切地笑。

「會不會妨礙妳工作？」

「這裡誰不作白日夢？」

我和她在休息室坐下，她給了我一罐汽水，自己則燃了一支菸，我倆談起近況來。

「對街那一間歡笑宇宙開張後，以高薪將這裡半數員工挖了過去，相撲手也跟隊走了。」

「妳為何不去？」

「得到多一些，付出的代價一定也更大，世上哪有免費午餐？」義氣女同事拍拍我肩，露出疲倦的神情。「況且，人活得累了，只想安於現狀。」

「妳還年輕嘛！」我認眞地鼓勵這位朋友。

「我比你還要大兩歲呢！」她搖頭說。

「如果要重新出發，每一天都可以是你的出生日子。」

「薪火，你似乎變積極了。」

「可能是環境所迫吧。」我說：「以前，我在這裡任職，工作只有兩個簡單的模式：顧客擲中指定目標位置，我便給他獎品；擲不中的，就不給他獎品。日日如是，年年如是。直到有一天，有顧客將金幣擲在中獎不中獎之間時，我們就很徬徨了，完全不曉得如何解決，也不敢私自下決定。就算上司告訴過我們，我們有權利作最後的決定，我們也對自己的決定毫無信心。」

「若是遇到那種情況，我也會懷疑自己的決定。」義氣女同事點頭贊同。

「但我轉到現在的公司任職後，霸佔了一張工作檯，必須在指定時間內完成若干工作，絕非遞一個毛巾就可以取悅老闆那麼簡單。我覺得自己每天都活在最後的決定中，有沒有信心還是其次，豁出去了再說。」

「我不明白。」

「我也不大明白。」我瞇著雙眼說：「我只覺得現在度年如日，每天在工作檯坐下，抬起頭來已八小時飛逝，轉眼已到發薪金的日子了。」

「外面眞有那麼好嗎？」義氣女同事懷疑。

「在這裡度日如年，除了領薪水已一無所有，已壞得不能再壞了。」

「你的話令我蠢蠢欲試。」

「這是好事，妳看來不那麼累了。」我對她笑。「精神一振，對不對。」

「賈賀推薦你進公司的事，對你有沒有影響？」

「當然有影響。」我說：「我得悉事情眞相後，變得更勤奮工作。不讓老闆認爲自己在施捨我，是覺得我受到賈賀賞識而進入公司。」

「薪火，你眞的成熟了。」

「因爲我已開始發育啦！」我笑笑，心頭卻一酸。我畢竟要忘記過去，不能再拒絕長大。

我離開「歡笑小天地」後，見到就在對街的「歡笑宇宙」巨型的招牌板，記起相樸手的唇紅齒白一顰一笑，還是忍不住走過去探望一下他。

我走步進去，見到一個個空空盪盪的遊戲攤位。忽然之間，在我眼前出現一片深藍，我定神一看，正是藍雁。

我呆住，細細打量藍雁，她似乎很落寞——人在寂寞的時候，表情都是軟弱的。我還是首次看見藍雁露出這種神色，在她以爲只有自己一個人的時候。

哎，最糟糕的是她光顧的當口，站崗的正是相撲手同事。他滿面難堪的表情告訴我，他正遭遇一些麻煩。

我聽到藍雁對他說：「就給我一個大獎吧，你沒有損失的，我告訴你。」

相樸手同事神情恐懼委屈。「但是，妳中的獎是特大獎——」

「我喜歡大獎。」藍雁寂靜地說：「太容易得到的，我不喜歡。」

「這個——」他在冒汗。

我不能控制自己，一直向相撲手那個攤位走去。

藍雁聽見我的腳步聲移近，下意識轉過頭來，呆住。

我對看到我如見浮木的相撲手同事說：「就給她大獎吧，公司肯定穩賺不賠。而且你有權作得獎的最後決定呀。」

相撲手同事完全相信我的話，將大獎遞給藍雁，抹著汗對我感激一笑。

藍雁得到獎品後，二話不說便離開，擦過我身邊，正眼也不看我。我看著她如此反應，反而有點意外。

我一直看著她背影離開，她經過一個廢紙箱時，隨手便將獎品拋棄掉。

在這麼一刻，我竟有一絲同情她。

一旦脫離吵鬧的朋友之後，她充其量也不過是一個普通的憂鬱女子。

我看著她在轉角處消失，想她是走向出口離開，才放下心來。我的同情心已不足叫我再去插手挽救另一個更蒼白的迷途少女。

我與相撲手同事說了幾句，合唱了一首日本歌，便告辭離開。畢竟已不是同事，可以說的不多。相撲手同事更是非常適合做攤位遊戲主持而絕不應該往外邊世界的人，像鼓勵義氣女同事到外面衝衝的話，對他絕不適宜。

我並非怕相撲手同事不同意我的說話，只是怕他信了十足，在外面碰得焦頭爛額，我的提醒反會害了他。

或許相撲手同事現在感到十分幸福呢？

走之前我到洗手間一趟，再步出門外時，旁邊女洗手間的門突然被打開，藍雁的身影映進眼簾。我一楞，慌忙退後兩步，雙手在背後觸到男洗手間的門，轉身便要躲回男洗手間內。

洗手間的位置十分偏僻，藍雁若要對我施以任何暴力行爲，我也唯有逆來順受。

更重要的，是我對所有藍色的東西都產生了躲避的本能反應。

「你該知道男洗手間不是可以避開我的地方。」藍雁冷冷的聲音響起。

我只好正視她，舉手投降。

「我與賈賀已無再聯絡，請你相信我。」

「你認爲我會不清楚？」藍雁臉上有一點點笑意。「你不必害怕我，你與我現在已經沒有利害衝突，我沒有理由要對你不利。」

我吐了口氣，仍對答得戰戰兢兢。

「你們和好了。怎麼不見賈賀和雪曼？」

「她們那一班今天要補課，我等她們下課後傳呼我。」

我明白地點著頭，見她有一刻沈默，腳步便往外走，想不著痕跡地退開。

藍雁的目光銳利地一睨我，語氣彷彿非常輕鬆地說：

「反正我沒事做，不如一起找個地方歇脚。」

「我請喝汽水。」對著藍雁，我知道拒絕不是明智的回覆，連忙拍拍心中說好。

我與藍雁在「歡樂宇宙」附設的小吃部內坐下，兩人中間隔著我買來的汽水。

「我還以爲你會一直纏著 Phyllis 不放。」藍雁沒有抬起眼說。

我沒有說賈賀要求不再見面的眞正原因，如果藍雁本來不知情，告訴她賈賀當晚的舉動，只怕又會再形成新的誤會。

「好像你或雪曼曾說過的，我認爲的墮落，可能是當事人的幸福。我無意破壞她的幸福。」

「不要跟我兜圈子！我用玻璃瓶也砸不走你，難道兩句話可以？」

藍雁厲聲斥喝，我盯她一眼，便低頭看著汽水杯。

她要我坐下來，其中一個目的，大概也是想知道我與賈賀之間發生了什麼事情。她喜歡賈賀，賈賀喜歡我，所以她要搞清楚，我是否喜歡賈賀、她是否成了多餘的第三者。

唯有讓她放心，她才可以安然離開（我也一樣）。

「我們一起碰見了她父母，他們反應十分奇怪，賈先生的態度簡直是惡劣，我看出賈賀的不快樂，知道勉強她回家對她也是折磨，便決定放棄再說服她。」

「然後？」

「然後……便沒有什麼好說了，各自返回各自的生活。」

我看到藍雁的表情軟化，但眼神仍是疑惑，要從我臉上找出破綻。

我笑，一副置身事外的笑容：「太過簡單？很多時候把事情複雜化的都是局外人。」

藍雁搖頭，「是你把事情看得太過簡單了。」

我心裡叫苦，藍雁似乎大篇文章發表，我卻著實沒興趣與這女人詳談。她說我們已沒有做敵人的理由，我亦找不出大家可以做朋友的理由。

「Phyllis 的爸媽在她面前必定是一副要崩潰的表情吧！」

「他的媽媽像滿臉苦衷。」

藍雁喝了一口汽水，沒事似地說：

「丈夫喜歡男人這種癖好也實在較難以啓齒承認。」

我張大了嘴巴。

藍雁放下了汽水杯，一邊用手在半空撥開纏繞著她的蒼蠅，不耐煩地看我一眼……

「你想幫我吃掉這隻蒼蠅的話，我無任歡迎，否則便立刻合上大口。真叫人丟臉，也不明白爲何 Phyllis 會喜歡你。」

她還是把我看作情敵。她爲何說已沒有理由對我不利？我驟然發覺，最沒有女人味的女人說的話仍不可信。

我試探地問：「如果……如果妳所說的實情，賈賀的母親大可跟他離婚。」

藍雁冷冷「哼」了一聲。

「他有地位、有金錢，Phyllis母親走在街頭也比別人高一些。至於丈夫的同性戀僻好，沒宣揚出家門就是不存在了。」

「她不痛苦嗎？」我仍不可置信。

「你試試到她家裡小住，任何痛苦也變得小兒科。有很多女子嫁入豪門，最介意的不是丈夫是否愛她，而是錢是否足夠！」

「但賈賀不這樣想。」我想到在賈賀家中見過的男人，他和賈先生在賈太太面前真的如此不避諱？我的心慢慢寒冷下來，並且開始接受了。

「她這個人，最受不了虛偽和懦弱，所以她恨透了自己的父母。」藍雁若有所思，她為了賈賀的經歷而不開心，我這才看出她對賈賀是有一份真正的感情。

但她很快回復刻薄神態，「像你這樣的小男人——」

「眞的不明白她爲何會喜歡我。」我接上她的說話。「可惜我喜歡的是紀文，不是賈賀。」

藍雁搖頭，「你不喜歡你的女朋友，我看得出。」

「我當然喜歡她，她能幹、溫柔、細心、高度……」

「說得出理由的話，你喜歡她的程度有限。」

「難道你連自己喜歡賈賀的一個理由也說不出來。」我賭氣，討厭被她質疑我對紀文的感覺。

藍雁問我：「如果有一天紀文不喜歡你了，你會離開她嗎？」

「我相信感情不可勉強。」那次她「一聲不響」去了巴黎，我還以爲我們已完了。

「我明知賈賀不喜歡我，我也會留在她身邊。」

「她早知道你是同性戀。」我開始質疑賈賀說過的話的眞實性。

「她父親搞同性戀，所以她不會愛上我，這個我明白。」

「世上還有很多很好的女子，她們總有不抗拒同性戀，又沒有家庭陰影的。」

「我是對人不對性別。如果我不喜歡一個人，那人是男是女我都一樣，不會與他親熱在一起。」

隔兩張桌的女人聽到我們的說話，投以極度奇異的眼光。

「我們換個地方談吧。」我有點不自然。

「好。」藍雁一瞄我的眼睛，拿起汽水杯，改坐到那桌旁的椅子上。女人急急離開。

我失笑，「你眞不避嫌疑。」

「所以我才活得長久。我從不否認自己是蕾絲邊，因此沒有犧牲很多的自尊去跟 Phyllis 表白，所以，她不接受我，就不算是很大的打擊了。我有一個是女同性戀的朋友，很困難才遇到一個喜歡的人，被拒絕後，無時無刻不在手上刻字麻醉自己，最後破傷風死了。」

我忍不住笑：「眞的？」

藍雁難得也露出笑容，「眞！」

她的傳呼機響起，她看看腰間一邊按停了它。

「賈賀和雪曼下課了？」

藍雁點點頭起身，「我要走了。」

「你們三個之中，你最會照顧自己，我反而不時擔心雪曼和賈賀。」

「你自身難保。」

藍雁轉身離開，我叫住了她。

「其實今天你找我說話的原因何在？想查探我我是否的確對賈賀死心？」

她微怔，沈著聲音說：

「我說過了，你對我不是威脅。」

我目送她轉身離開。她仍然十分擔心賈賀的一切，但她未免過慮了。我只當今天聽到的東西是整個故事的補充解說。

現在明白了來龍去脈，賈賀的事情終於可以完結吧。

想不到……眞的想不到有那麼一個荒謬的原因。

我一方面慢慢地心息，一方面又替賈賀悲哀起來。

兩種感覺在我心中一滅一起，久久不能平復。

離開「歡笑宇宙」後，我走出大街，一抬眼，竟見義氣女同事由「歡笑小天地」裡步出，她已換過一身便服。我倆打個照面，雙方都有一陣短暫的錯愕，然後大家就笑起來了。

我跑過馬路會她。

「你今天早退嗎？」

「不，我剛才辭職了。」

「爲什麼？」我一呆。

「我聽了你對我說的話嘛！」義氣女同事說：「你不是說每天都可以是出生日子嗎？」

「我只是說說罷了。」我苦笑。

「我卻覺得你說得很對。」她說：「我也不想累下去了。」

「我也不知會幫了妳抑或害了妳。」我有點憂慮。

「我也不再是小孩子。」她搭著我肩。「是不是？」

「我知道！」我看看她的三十五吋胸脯，絕無懷疑。

「對啊，差點忘記你和紀文怎樣了。」

「我們？」我氣餒下來，「她提議我倆之間要一段冷靜期。」

「你答應了她？」

「已停止聯絡一段時間。」

「你到底還喜歡紀文嗎？」

「喜歡！」我心中當然還有她。

「你不主動找回她？」

「冷靜期是由她提出的啊！」

「冷靜期是分手的演習。」義氣女同事說：「你一定不可以讓她冷靜下來，她一旦完全冷靜下來，就會對你心如止心。」

「我知道。」我很難堪，「我只怕在不適當的時候騷擾她，她更加不開心。」

「我肯定她不會。」義氣女同事以一副過來人的口氣說：「若她眞的不開心，起碼也證明了一件事，就是你們已經完了。」

我聞言，沈默良久。

我在紀文工作地方對街的二樓快餐店，叫了一杯熱咖啡，靠窗坐，居高臨下。

紀文公司在十五分鐘後下班，如果我要道歉、要找回她，我知道自己還有機會。

我還有機會。

我看看快餐店中唯一一個投幣公共電話，有一位穿校服的少女正握著聽筒在笑談。

我啜了一口咖啡，另一隻手不斷在轉動一個一元硬幣。

時間過去，還剩五分鐘的時候，少女仍沒有放下電話，我不能不著急了。就在這時，少女放下電話，我心一喜，正抓緊那一枚硬幣起身來，卻見到紀文和一群同事步出商業大廈。他們提早離開了。

我滿心失望地坐回去，我聽見自己心裡在說：又錯過了！

紀文和同事走進一間泰國菜餐廳，位置就在我視線範圍之內。相隔一條馬路，大夥兒也是坐在靠近窗口的座位，有說有笑地用餐，紀文表情並無一點失落。

我根本不能從她的表情中得到自己下一步該如何做的提示。

就在這刻，我看到紀文拿著自己的傳呼機來看，然後她問一個男同事借了手提電話，打出了一個電話，在她將電話交還給男同事的時候，我的傳呼機突然響起了。

我一看中文螢幕顯示：

「紀文留：請你來找我，我介紹同事給你認識。」

我錯愕了很外，才想到，自己對紀文的偷望一定已給她發現了。

她是何時發現我的？我雙眼沒有離開過她，但我竟不知道。

我知道自己無法不現身，硬著頭皮橫過馬路，躊躇在餐廳前，直至侍生開門笑著歡迎我光臨，我才撐起信心走進去。

我走到紀文的桌前停下。

紀文抬起眼看我，向我露出一個熟悉的親切微笑。

「這麼久才來？」

「是遲了點，畢竟趕到了。」我感應到她那個笑容、那句話的含意。

紀文同事們友善地替我拉來椅子，讓我坐紀文身邊。當大家彼此交換名片，他們看到我所屬的公司名字後，似乎對我更爲友善了。

膳後，大夥兒離開，天空下起微雨，我和紀文走在後面，她對我說：「公司要加班，我要馬上回去了。」

我不像以前諸多怨言：「要不要我來接妳下班？」我在公司經常加班，已知箇中苦處，變得極體諒她。

「時間說不定，我到時傳呼你，好嗎？」

「好的。」我對她千依百順。

「你要傘嗎？」紀文望望落著微雨的天空，「我公司有。」

我搖搖頭笑。「我會照顧自己了。」

「不用我照顧了嗎？」紀文雙目閃出愉快慧黠的神情來。

「互相照顧如何？」我笑了。

紀文莞爾。她的傳呼機此時響了，她一看顯示，馬上皺眉頭。「上頭急召我們回去了，一定是害怕我們在吃大餐。」

「妳原諒他吧。公司空洞時，他們最孤獨。」

「你開始對世情有點領悟了。」紀文向我欣賞一笑，想將傳呼機放回去，突想起什麼，將它按了一會，對我說：「你看看傳呼台小姐將你的名字顯示成怎樣了。」她遞給我。

「身火：我現在就在這附近，從不遠處偷看著妳，才發覺自己有多麼希望此刻在妳身旁。」

我極疑惑間，紀文開玩笑說：

「你留下這個傳呼時，那位小姐可能正滿身慾火，所以將你的名字誤聽為：身火。應景嘛！」

我勉強地陪著笑。

我將紀文送到公司門口。

「那天的事，我也有錯，只希望你知道，我是在意你的。」紀文與我正式言和。

我告訴她一個好消息：「我也與賈賀斷絕了來往。」我卻笑不出來。

不出意料，紀文放心笑，「我不是阻止你交友——」

我打斷她，「都過去了。」

「是的，都過去了。」紀文轉頭看看在電梯內等候她的同事們，對我說：「我傳呼你。」

我點點頭，目送她踏進電梯，我向她揮手，直到電梯門完全關上為止，我無力地垂下了手臂。

是誰？

誰留下了那麼一個傳呼？成全了我和紀文？

我獨自走在毛毛雨裡，腦袋一片空白。回想那段不屬於我的傳呼，彷彿言之有物，我卻參透不了。

就在我步回飯館的時候，我心中突然浮現一幅明確的圖畫。

我由這裡看看對街的快餐店，再看看快餐店的周圍，我發覺兩個商場之間，有一條貫通兩個商場的密封行人天橋。從那條天橋上透過玻璃窗，我坐著的位置和紀文坐著的位置，都可以一覽無遺。

我暗中偷看紀文的同時，有人暗中偷看我。

天在下雨，室內架空天橋的玻璃窗霧氣籠罩，重重摸糊一片。我根本看不清裡面。

我奔上前去，到了天橋前，不禁震呆了。慢慢地步過去，見到有人藉著玻璃上多了的一層朦朧霧，用指頭刮出一幅清晰的線條畫——是一個半身人像。我認識那個長髮披肩的人像——正是賈賀。

我在賈賀的畫像前發楞良久，留意到畫像的手臂部位，有一個小小的名字：薪火。

我想起藍雁，她也把賈賀的名字刻在臂上啊。

我突然倍覺難過。賈賀選擇了我，也替我做了選擇。

玻璃窗外仍下著雨，我站在密封通道裡有種被保護隔離的感覺。如果我剛才是從這裡看著紀文，相信更會覺得痛苦。賈賀看著我的時候，又是什麼感覺？

外面的雨水打在窗上然後向下滑落，有數滴剛落在賈賀所畫的人像的臉上，看起來，就像賈賀在哭，不斷在哭。

我突然情不自禁，伸手想抹掉「她」臉上的淚痕，但雨水在窗外，我在窗內無能爲力，而新的淚水又再滑下「她」臉龐，像要加深我的內疚。

我轉移目標，用手抹去賈賀畫像手臂上刻著的名字，忽然從這小處清晰了的窗內，看到街上的一個人影。

霧氣和雨水下得太大，我看不清那人的樣貌，但我看到了她紅色的襯衫、紅色的長裙、紅色的頭髮。

她也正透過這處抹去霧氣的玻璃窗看我吧？

我牢牢盯著她的一身紅，像要讓她知道我抹去她劃在手臂上我的名字時我心裡的複雜沈重感覺，央求她體諒。

直到我的眼睛因注視紅色太久而疲累刺痛，我才將視線別開，看著她身後的白色牆壁，竟發覺可以看到一團綠色。絕色是紅色的補色，但要看到這殘像，必須先牢牢瞪著紅色一段時間，原理就如看著太陽的強光後，眼中會遺留一團顏色的影子。

在代表危險的紅色背後，反而是溫和的綠色。在賈賀背後，又會是如何的一個性格？我反覆想著，隨即怪自己的舉動太多餘，因爲我已經沒有時間、沒有機會去認眞看到賈賀的殘像了。

我放棄了這個機會。

而在半小時前找回紀文後，我甚至失去回頭的機會。

賈賀彷彿明白我的處境和抉擇，在此時轉身離開。她的身影立刻被窗上其他曚矓的部分遮蓋，我的手停在半空，始終沒有能抹淸玻璃窗去目送她走離我的生命——完完全全，再不回頭地離開。

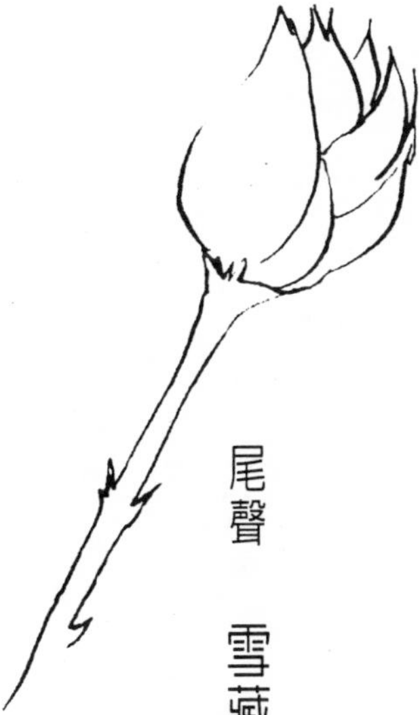

尾聲　雪藏了的玫瑰

是賈賀的事把我們的感情放進冰箱好一段時間吧。就如賣花的小販把玫瑰花苞放在冰箱中，這些玫瑰在解凍賣給顧客後永遠也不會開花，花的組織早被寒冷破壞了。

紀文和我對坐著，隔著我倆的火鍋升起熱氣，將我的臉灼得燙紅。

我瞄紀文一眼，希望從她臉上找到一絲喜悅，吃火鍋是我用了下班前半小時挖空腦袋才想出的晚餐新創意。

她注視鍋裡的食物，雖然我猜不透那是專注還是無聊的神態。當她抬眼發現我的凝視，那表情就立刻一掃而空了，換來的是一個毫無破綻的溫和笑容。

「喜歡吃嗎？」

紀文點頭：「肥牛肉很新鮮，難得。」

「雪藏後解凍的肉色不是一樣？怎看得出？」

「顏色也許差不多，光澤卻會全無，肉質也會因雪藏變得粗糙。新鮮能夠保存，不過是廣告宣語句。」紀文又一派廣告人口吻。

我語帶雙關：「但所有人還是不斷追求新鮮。」

紀文瞅我一眼。

「所有人？」

我連忙補充：「我有點不同，我渴望從一段感情中不斷追求新鮮感。」

「全香港的餐廳我們都快試吃完了。」紀文釋懷笑，「到哪裡找新鮮感？」

「近來經濟不景氣，餐廳都做不長，三個月便換新面貌，新口味源源不絕。要不然，我們到外國旅行試新風味。」

紀文揚起眉，說：

「我不介意成爲美食家，但到外國去……你是否暗示有機會升職加薪？」

我工作幹得很好，不是會被突然通知收拾行李那一種人，所以在紀文面前我開始拾回自信。

「也不是惟有升職加薪才可以到外國旅行的，我只是想尋找新鮮感。」紀文用筷子夾起一片豬肉，搖搖頭。

「不是樣樣東西都新鮮才最好，豬肉薰成煙肉能保存得更久，白蘭地時間愈長味道愈醇。」

我聳聳肩。

「你覺得悶了？這段關係叫你悶了？」紀文看著我。

我趕忙搖頭，不敢怠慢考慮片刻。要考慮即表示有可能，這種答案最能令女朋友不安，我已經學乖了，不作損人不利己的事。

紀文見我緊張兮兮的模樣，微笑一下。

「我說笑罷了。」

呵，我當然要相信。

經過了這麼多事我和紀文才再走在一起，我已經筋疲力盡，完全沒有氣力去再玩戀愛猜謎遊戲，再來一次戀愛的起起跌跌了。有時，可以看到未來的一切並非壞事。也許的確有點悶，但不是壞事。

紀文將食物放進鍋內煮熟，我隔著熱氣看她的面容，模糊得像我所了解的她的內心一樣，但至少我知道，她對愛情的觀點與我相近。我們都沒有強求要找到一個自己瘋狂愛上的人做伴侶，也知道對方沒有瘋狂愛過自己，這叫人感覺安全。

不知道她是否曾經擁有過這樣的人選，這樣叫自己砰然心動的對象，我卻幸運地擁有過了，一個是賈慧，一個是——

「薪火，這塊干貝好像是我的。」

我發現自己無意識地拿著筷子，從鍋中夾出一塊熟透的干貝。我苦笑說：「我以爲我們是無分彼此的。」

紀文一時語結，不懂對應。

「我也是說笑罷了。」我向她作個最醜陋的鬼臉，打圓場。

以爲我和紀文十年如一日，原來還是已經變了。

是賈賀的事把我們的感情放進了冰箱好一段時間吧。就如賣花的小販把玫瑰花苞放進放箱中，這些玫瑰在解凍賣給顧客後永遠也不會開花，花的組織早就被寒冷破壞了。

我與紀文的結局會是如此嗎?我不敢多思考。

吃過晚飯,我又與紀文逛尖東海畔,以前賣花的大嬸不見了,準是被眼前這班青春叛逆少女迫走。我和紀文花了好一番唇舌才說服她們,我們是絕不會買花的。

逃脫後我們邊走邊商量看什麼戲才好,結果還是放棄了。一個星期幾天的見面中,我們已將所有可以看的電影都看過了。

「想來想去,我們都是在找電影看。」紀文笑說。

「可不是,還說要找新鮮感。」

「我們可以改去文化中心看話劇。」紀文打趣說。

「你饒了我吧!」

紀文開朗地笑著,問:「口渴嗎?我到7-11買汽水給你。」

「好，好，我要維他奶，這兩天氣管不大好，喝太多汽水怕會哮喘。」這話正中下懷。

紀文做出OK手勢，步進碼頭旁的便利店內。

我立刻回頭搜索剛才瞄到的身影。

是的，我的確見到一個熟悉的雪白身影，是雪曼。

她的身邊仍是那位只穿無袖皮背心的少年，兩人手牽著手，臉上有同一款式的甜蜜笑容，一眼便看出正在熱戀中。

我心內暗感安慰。

卻於此時，我見一位與雪曼形容相似的女子，氣沖沖奔向兩人，死拉著少年不放，七情上面，大叫大喊。

我偷偷笑，又是一場不良第三者遊戲。

可是，接下來的情景，卻叫我再也笑不出來，少年捨雪曼拉著女子離去，女子露出不知所措的神情。

雪曼充滿哀傷地站著，凝視著少年和女子漸遠的背影，有一刻怔然，跟著，露出一個自嘲的笑容。

我將整個過程看進眼裡，前後才不過三十秒鐘，一個荒唐的遊戲，就拆散了兩人，可是，兩人的結合，又何嘗不是遊戲一場？

我正想走過去，身後響起紀文的聲音：

「熱維他奶駕到。」

我看著徬徨的雪曼，咬一咬下唇，還是馬上轉過身，選擇了紀文。我迎上前，不讓她有機會留意雪曼。

「我小學時代最愛的熱維他奶哦！」我雙手接過溫暖的奶瓶，對她調皮地笑起來了。

我和紀文漫步完，我提出一個新鮮的建議：「我們去溜冰場吧。」

「去溜冰場幹麼？」紀文問得奇怪。

「溜冰囉！」我奇怪地答。

「溜冰？」紀文猜疑地看我。

「妳爲何這麼驚奇？」

「你好像不會溜冰吧？」

「我可以學啊。」

紀文笑，彷彿不能置信地說：「你要去學溜冰！」

「是呀。」我突然覺得很委屈。

「你明天還要上班。」

「那又怎樣？」

「跌得傷痕纍纍，明天怎麼上班？」紀文說：「辦公室多是非呀。」我變沈默了，我已完全不知如何向她解釋了。

「只是一個提議罷了。」我聳聳肩，將雙手放進褲袋裡去。

最後，我將紀文送到地鐵車站口。

「今晚晚餐很好。」紀文向我說。

「我知道。」我說。

紀文也許察覺我有不歡，「也許下一次我們可相約去溜冰。」

「好啊。」我應道。我明知道她心裡並無此意。

「我回到家傳呼你。」紀文說。

我點點頭。

我目送紀文離開，直到完全見不到她。

然後我深呼吸了一下，低頭看自己的膝蓋，想到去新公司工作到現在從未請過病假，如果今晚眞是傷跌得太嚴重的話，還是可以請假一天的。

我提步往紅磡黃埔的溜冰場走去。

沒有紀文扶起我，我仍可以自己爬起來的。
多虧賈賀。

後記

說眞的，自己相當喜歡賈賀這個角色，全因她不說出來的比說出來的還要豐富。她懷恨父母，在外人面前卻對自己的家事守口如瓶，保護著父母。她喜歡薪火，就是知道要讓他得不到自己，自己也不讓自己得到他，目的只是令他永遠不能忘記她。她迫使薪火完成過去，卻暗暗幫助他完成將來，替他尋找固定工作、找回紀文。賈賀註定了是一個悲劇女子，因她的性格決定了自己悲劇的一生。這種女子可恨，卻叫人無法不愛她。

至於雪曼，我倒沒什麼評語。總有些女子外表似乎成熟，一開口說話，卻使人發噱。你可以說她天眞，也可以說她幼稚，而她自己卻自得其樂。遇上這種女子，最好方法不是指教，而是放縱她。直到她有自覺時，她的痛苦亦從此開始了。

所以，薪火最終沒有安慰剛被人拋棄的她，不是由於無情無義，只因不想妨礙她上課。對的，她眞是在上課，現實正是最優良的導師。

而藍雁，則是另一類型女孩的典型。她的優點和弱點是太清楚自己的立場。使人喜歡和討厭的是太愛恨分明。她會令她太愛護的人同時得到幸福和傷害。她或許不可說是一頭狼，而跟其他很多人一樣，只是一頭防禦心特強的羚羊而已。

不知道你們看過《叛逆的天空》、《寂寞裡逃》、《天若無情》、《墮落天使》後有什麼感覺呢?有台灣的讀者告訴我，好希望去香港一趟，搜獵我的七十多本書。我眞要苦口婆心(就像個歐吉桑的模樣)忠告你們，我有些作品眞是見不得人，是拐騙稿費的。

但這四本書都是我鍾愛的作品，衷心地希望大家也看得有感受、有共鳴，如果你們看過好像沒看過，等於有我這個人或沒我這個人都一樣，那麼出書了和沒出書又有什麼分別呢？

期望讓你們知道，我一個人這麼自言自語實在是非常寂寞的事，假如你們對我有什麼回應，請寫封信給我，可以嗎？甚至畫隻小白兎也好，黑豬也好，就當是給我的獎勵或批評吧。我的私人信箱是：香港觀塘郵政信箱62033號。

我們「約會」了四次，我還是有點緊張喔，是不是有點杞人憂天呢？很傻哦？

梁望峯

一九九七年八月於香港

atch

叛逆的天空

很想真真正正擁有自己

梁望峯◎著

- 在熱鬧中感到寂寞，比孤獨中的寂寞更難耐。
- 既然是心事，還是把事放在心上好了。
- 當女友對你諸多挑剔時，她的目的只不過是隨便找一個藉口與你分手而已。
- 社會上總會有人說一些連他們自己都不能做到，卻要命令其他人做到的廢話！
- 孩子要的，其實是父母親的體諒，而不是一面倒的期望。

國家圖書館出版品預行編目資料

墮落天使 / 梁望峰作．…初版．　台北市
大塊文化，1997〔民97〕
面；　公分．　(catch 09)

ISBN 957-8468-24-5

857.7　　　　86009889

大塊 LOCUS 文化

讀者回函卡

謝謝您購買這本書，爲了加強對您的服務，請您詳細填寫本卡各欄，寄回大塊出版(免附回郵) 即可不定期收到本公司最新的出版資訊，並享受我們提供的各種優待。

姓名：＿＿＿＿＿＿＿＿＿＿＿＿ **身分證字號**：＿＿＿＿＿＿＿

住址：＿＿＿＿＿＿＿＿＿＿＿＿＿＿＿＿＿＿＿＿＿＿＿＿＿

聯絡電話：(O)＿＿＿＿＿＿＿＿＿＿＿＿ (H)＿＿＿＿＿＿＿

出生日期：＿＿＿＿年＿＿＿月＿＿＿日

學歷：1.□高中及高中以下 2.□專科與大學 3.□研究所以上

職業：1.□學生 2.□資訊業 3.□工 4.□商 5.□服務業
6.□軍警公教 7.□自由業及專業 8.□其他＿＿＿＿

從何處得知本書：1.□逛書店 2.□報紙廣告 3.□雜誌廣告
4.□新聞報導5.□親友介紹 6.□公車廣告 7.□廣播節目
8.□書訊9.□廣告信函 10.□其他＿＿＿＿＿＿

您購買過我們那些系列的書：
1.□Touch系列 2.□Mark系列 3.□Smile系列 4.□Catch系列

閱讀嗜好：
1.□財經 2.□企管 3.□心理 4.□勵志 5.□社會人文
6.□自然科學7.□傳記 8.□音樂藝術 9.□文學 10.□保健
11.□漫畫 12.□其他＿＿＿＿＿＿

對我們的建議：＿＿＿＿＿＿＿＿＿＿＿＿＿＿＿＿＿＿＿＿

台北市羅斯福路六段142巷20弄2-3號

廣　告　回　信
台灣北區郵政管理局登記證
北台字第10227號

大塊文化出版股份有限公司　收

請沿虛線撕下後對折裝訂寄回，謝謝！

地址：＿＿＿市／縣＿＿＿鄉／鎮／市／區＿＿＿＿路／街
＿＿＿段＿＿＿巷＿＿＿弄＿＿＿號＿＿＿樓

姓名：

編號：CA009　　書名：墮落天使

LOCUS

LOCUS

LOCUS

LOCUS